芭蕉と江戸の町

横浜文孝

はじめに

江戸に下向した寛文十二年（一六七二）以降、芭蕉は江戸で三度、火災によって被災していたものと、私は考えている。最もよく知られているのが、天和二年（一六八二）十二月二十八日の大火のときである。この火事は、駒込大円寺から出火したもので、八百屋お七の放火とされ、俗に「八百屋お七の火事」とよばれている。このときの猛火は、江戸特有の「空っ風」にあおられ、大川（隅田川）を越して飛び火し、「川向う」の本所・深川地域をも延焼したのである。門人其角の『枯尾花』（元禄七年〈一六九四〉所収の「芭蕉翁終焉記」によると、「苫をかづきて煙のうちに生きのびけん」とあり、このときの火災で芭蕉の深川の草庵も類焼し、九死に一生をえていたのである。このことは、誰もが認める事実である。

しかし芭蕉は、それ以前にも江戸市中の火事によって、被災していたものとみられる。最初が延宝四年（一六七六）十二月二十七日の大火であり、これがその後の「関口芭蕉庵の伝承」を生み、

類焼する深川芭蕉庵の図（『芭蕉翁絵詞伝』）

二度目が延宝八年(一六八〇)十月二十一日の火災によって被災し、これが原因で深川に移居したのではないか、というのが私の基本的な考え方である。この考え方は、これまで一度として注目されることのなかった芭蕉研究の新視点といってよい。

芭蕉の深川への移居の事情については重要な問題にもかかわらず、いまだ未解決のまま現在にいたっているのである。従来の諸説を拾ってみると、「談林俳諧の否定、宗匠生活の否定、経済的破綻、純粋に文芸的なもの、さらには『芭蕉の妾』であった寿貞が甥の桃印と駆け落ちしたため」などの説があったとされている(楠元六男『芭蕉と門人たち—NHKライブラリー—』平成九年、日本放送出版協会)。すなわち、それらの要因には、芭蕉の俳人として、または芭蕉個人としての側面からの評価が中心であったといってよい。そのうち「談林俳諧の否定、宗匠生活の否定、純粋に文芸的なもの」の説は、芭蕉自身の内的な文学観の変化が深川の隠棲事情に結び付けられたものであり、芭蕉をより偶像化するための構図として描かれてきたものであった。

しかし、このような状況は、芭蕉の内的要因にのみとらわれる一方で、他の外的要因(一般的な歴史事象)から深川の移居の事情を探り当てる必要性もあるものと思われる。私は、このことから芭蕉の深川の移居について、もう一つの歴史的な視点から考察を加えてみようとするものである。もちろん、このことに関連する芭蕉の記述などは、今日一切伝えられていない。そのため、ここで紹介しようとする事象は、状況証拠として十分に裏付けるだけの史料とはなりえないものの、今後の可能性（関連史料の掘り起し）の一素材として提示しておきたい。

私は、芭蕉の深川移居の行為を従来の内的な側面だけの評価で一元化すべきではないと考えている。もちろん、日本橋から深川に移ったことは、その結果であり、その後の芭蕉の評価を訂正するものではない。ただ、文学的評価（内的要因）と歴史的な事実の可能性（外的要因）の双方から検討することで、虚と実像を埋める芭蕉像を描きだすことになるであろう。

ところで私は、これまで日本近世史の旗本知行論に興味があり、関東各地の村方史料をもとに研究を進めてきた。そのため、文化史や文学などには、全くの門外漢であったといってよい。現在の江東区芭蕉記念館に勤務するまでは、それこそ芭蕉の句や、その業績すらあまりイメージがわかなかったくらいである。以降、当館で近世文学の講座を企画するようになり、そこで伺った諸先生方の講義の内容から文学と歴史学との時代に対する認識や、研究の視点の相違に戸惑ったことを、今でも鮮明に記憶している。そのため芭蕉研究は、従来から日本文学の研究領域と思い、日本史の研究者はその成果を共有すればよいとさえ思っていたのである。

しかし、当館に勤務し、多くの俳文学専攻の先生方に接することで、この職場にいる以上、何か私なりにまとめてみたいという、自責の念に駆られた。それから十数年を経過し、自分なりの視点で発表できたのが、「芭蕉の肖像―その類型とデフォルメの過程について―」（『江東区文化財研究紀要』七、平成八年）と、「近世中後期俳壇の諸相―葛飾派の実態と身分的秩序の変容について―」（村上直編『幕藩制社会の地域的展開』雄山閣、平成八年）および「芭蕉の深川移居の事情―状況としての可能性―」（『江東区文化財研究紀要』八、平成九年）という三本の論文である。

ことに「芭蕉の深川移居の事情」は、その前年に俳文学会東京例会での口頭発表をさせていただく機会があり、その席上、井本農一、尾形仂、加藤定彦、雲英末雄、田中善信の各先生方から貴重な意見を伺うことができた。その後、それを活字にすることで宇都木水晶花氏が「芭蕉の深川移住説について」（『獺祭』十月号、平成九年）や加藤定彦氏が『俳諧の近世史』（若草書房、平成十年）のなかで逐次内容を紹介していただいた。

加藤氏は『俳諧の近世史』のなかで本論について、次のような指摘をなされている。

その要旨は、延宝四年十二月二十六日および延宝八年十月二十一日の両大火が日本橋小田原町の芭蕉寓居に延焼、延宝四年のときには関口龍隠庵に寄寓して難を避け、延宝八年のときには深川に難を避けた。前者は神田川の水道工事に関与するきっかけとなり、のちに龍隠庵は関口芭蕉庵と呼ばれることになった。後者のときには、月見の名所として有名な三俣からほど近い閑静な地理的環境が、緊急避難した芭蕉に「内的変化」をもたらし、深川隠棲のきっかけとなった―のごとくで、従来の研究者の気づかなかった歴史的事実を丹念に検証し、芭蕉の動静や内面の変化を今までとは違った角度からあぶり出す刮目すべき発見であった。例会の席上、私は、芭蕉には直接類焼にふれた作品がない。そうした出来事が起きても、芭蕉は句に詠もうとはしなかったことが分かり、大変興味深い―との感想的な発言をした。知らず知らずのうちに子規以降の俳句観に囚われていた私に、氏の検証した歴史的事実は、『おくのほそ道』に限らず、芭蕉の作品が実生活とは隔絶したところに構築された、虚構の所産であることを改めて認識させてくれたのである。

中世以前の日本文学の研究者には、もともと歴史畑の出身で、すぐれた成果を上げておられるケースが少なくない。最近、地方の俳諧資料の発掘・整理をお手伝いする機会が多いけれども、その際、私が痛感するのは、歴史と文学両方の研究者が垣根をつくっていて、お互いに情報交換がうまく行っていないことである。学際的研究が叫ばれてすでに久しいが、他分野、とくに日本史研究者とさらなる協力関係を今後築いていく必要があるように思う。

一方、田中善信氏は『芭蕉＝二つの顔』（講談社選書メチエ一三四、平成十年）のなかで私の説に対する直接的な批判を示されており、ここにきていくつかの賛否両論の意見がだされるようになったのである。さらに田中氏は、平成十一年五月の俳文学会東京例会で「芭蕉の深川移住—横浜説の検討—」を口頭発表され、その批判点を一層鮮明にされた。

このようなとき、恩師の村上直先生から『同成社江戸時代史叢書』の執筆のお話があり、それをお引き受けすることになった。テーマの『芭蕉と江戸の町』は、災害をとおした江戸の町を描くことで、これまで注目されることのなかった芭蕉の深層に迫ろうとするものである。そのため芭蕉の動向については、きわめて限られた内容と時期になっている。しかし、今回先学のすぐれた芭蕉の業績を十分に生かしきれず、内容として飛躍してしまった部分が多々あることを、あらかじめお断りしておく。

また、田中善信氏の『芭蕉＝二つの顔』は、本書の執筆をすすめるうえで、多くを学ばせていただいた。結果として、私と田中氏の論旨の相違点が明らかになり、二、三の問題について指摘させていただいたが、非礼の点はご寛恕いただきたい。

昨年は、ちょうど江東区で「奥の細道」サミットを開催することになり、事務局として奔走するなど、「光陰矢のごとし」の一年であった。そのため、執筆は遅々として進まず、とうとう越年してしまった。今回の刊行については、同成社の山脇洋亮氏に多くのご迷惑とお世話になった。ここにお詫びと深謝の意を表したい。

平成十二年一月

横浜　文孝

目次

芭蕉と江戸の町

第一章　深川の風土と環境

隅田川からの眺め

芭蕉が深川に移り住んだのは、延宝八年（一六八〇）の冬のことであった。この冬の時期がいつであったかは、今ここでは問題としない。それよりも、ここでは芭蕉が移居した深川が、当時どのような地域＝空間として形成され、またどのように庶民からイメージされ親しまれてきたのか、その魅力をひもといておくことにしたい。

現在、隅田川と小名木川が合流する北側の角地には、「江東区芭蕉庵史跡展望庭園」がある。ここからの眺めは、隅田川下流にはドイツのケルン橋を模した清洲橋が架かり、その奥手には臨海部や佃島の高層マンション群の景色が広がっている。また、上流域に目を移すと、そこには新大橋の光景が目に入る。そして、隅田川の川向いには、高速道路と林立したビル群が、今日の首都東京を象徴している。

一方、眼下には、満々と水をたたえた隅田川に、日々観光船や日常の作業船が川を行き交い、また屋形船が川風を受けながら航行している。この川の流れと、船や長く筏組した木材の行き来している光景をみるうちに、不思議と現在の東京と、かつての江戸のイメージが重なり合うものがある。

深川の情緒ということ

かつての隅田川には、都鳥が飛び交い、白魚も泳ぐ清い流れであった。在原業平は、ここに立って都を偲び、「名にしおはばいざこととはん都鳥我おもふ人はありやなしやと」と詠んでいる。

くだって江戸時代中期になると、ここは江戸

江東区芭蕉庵史跡展望庭園からの遠望（江東区常盤）

一番の行楽地となる。四季折り折り「春は墨堤の桜、夏は両国の花火、秋は川面に船を浮かべての月見、冬は雪景色」と、大いなるにぎわいをみせていたのである。

日本橋界隈からこの隅田川を挟んだ地域が「川向う」で、「本所・深川」とよばれる地域であった。そのうち、ことに「深川」という地名には、今でも心地好い響きがある。

大正十五年（一九二六）に『深川区史』下巻（のち改題『江戸情緒の研究』昭和五十年、有峰書店）の執筆にあたった西村眞次氏は、そのなかでこのころの深川を実に軽妙に描写している。ここで、その文章の一節を、味わってみていただきたい。

京橋区も大川端に出ると、何となく水都らしい感じがするが、あの永い永代橋で夜の大川を過る時、対岸には燈光がきらめき、大きな倉庫の壁が闇にくつきりと白く見え、黒い水の上を更に黒い船が幾艘となく航行してゐるのが夢のやうに幽かに憧憬の眼に映ずる。もう永代橋が尽きようとする時、私は夏でも冷やりとした感じに打たれる。電車の線路に沿うて黒江町へ出ると、夜店の燈りがしめつぽい空中に反映して、うつとりとした光りを街上にたゆたはせてゐる下で、蛤や蜆や栄螺を売つてゐるのを見る時、湯気の立つ白飯の上にむきみ貝を盛つた深川飯を其看板の陰に見る時、竹を栽ゑた格子造りの小さい家に蒲焼、柳川鍋の行燈が懸つてゐるのを見る時、抜衣紋の片肩を低うしてしやなら〳〵と歩く櫛巻の女を見る時、私はここが矢張り東京の中であるかを疑つた。私は深川をどうしても東京のやうに感じない。そこを独立した、東京以外の、どこにも属してゐない一水都のやうに思つてならない。私の此感じが深川の生命である。

「深川飯」「蒲焼」「柳川鍋」というと、現代にも通じる深川および下町の食として知られる。そしてこの文章を繰り返して読むほどに、当時の深川が鮮やかな情景となって目に浮かんでくるようである。「深川」の地名の心地好い響きとは、まさにこのことをさすのかもしれない。

庶民の街の気風と風情

では、この深川のもつ風情とは何であろう。それは、深川が江戸時代前期に江戸市中の資材の供給を支える町として形成される過程で、そこに働く職人の独特の気風を生み、やがて「江戸っ子」好みの町へと発展していったことに由来するのである。と同時に、この深川の町の発展を語ろうとするとき、深川芸者の存在を忘れてはならない。

俗に深川芸者を「辰巳芸者」というが、これは江戸市中からの「辰巳」の方角、つまり東南に深

木挽（『木場名所図会』）

川が位置していたことによる。この「辰巳芸者」に関しては、江戸時代中期から洒落本や人情本に数多く描かれている。このことは、それだけ深川の遊里が繁盛していたからにほかならない。明和七年（一七七〇）に夢中散人寝言先生によって著わされた洒落本『辰巳之園』の自序で、吉原と深川の遊里を比較しているのも、この時期すでに深川の遊里が吉原に対峙する存在であったことを示している（江東区『深川文化史の研究』下、昭和六十二年）。「辰巳芸者」の「粋」が庶民に受け入れられ、吉原の「派手」に対抗できたのも、深川が庶民の文化をより大衆化させうる独特の風土と環境があったからである。

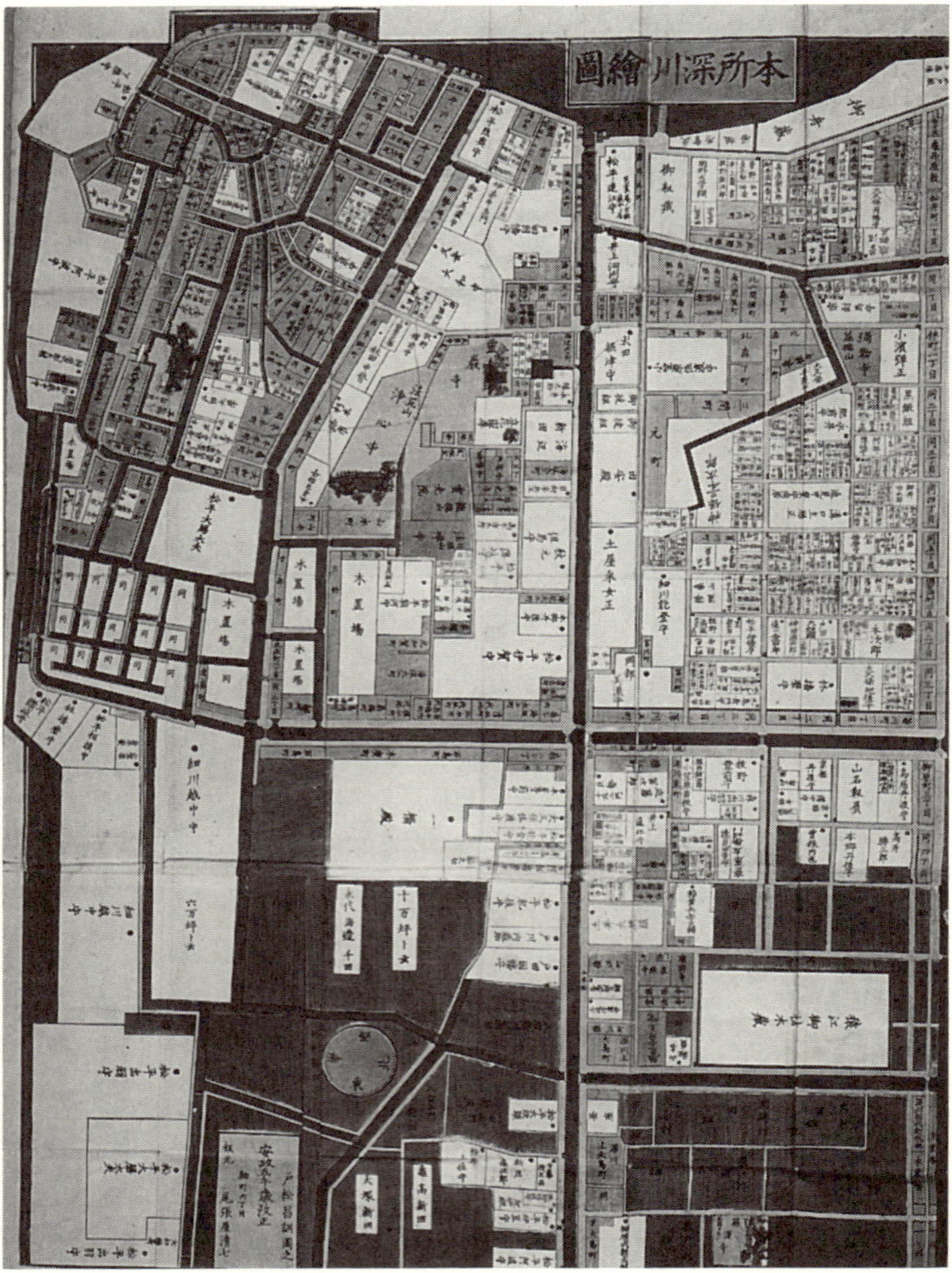

安政５年改正「本所深川絵図」

文学空間としての深川

深川の風土と環境を愛したゆかりの人物を取材すると、そこには、俳人松尾芭蕉から、「十八大通」で知られる国学者村田春海、狂歌師では天明期の大家元杢網夫妻、中期の大家裏住、戯作にもすぐれた手柄岡持、また戯作者には山東京伝・滝沢馬琴、四世および五世の鶴屋南北、歌舞伎役者の初代市川段四郎・初代市川八百蔵・七代市川団十郎、画人では英一蝶・英信勝・観嵩月、浮世絵師の歌川豊国（国貞）・歌川国輝、等々枚挙にいとまがないほどである（『江東区の文化財―史跡―』昭和六十三年）。

このうち、「天明狂歌」の大家とされる元杢網・智恵内子夫妻と大家裏住および手柄岡持をとりあげてみよう。もともと狂歌は上方で発生し、文芸東漸にのって宝暦から天明期に江戸で開花した（西山松之助他編『江戸学事典【縮刷版】』平成六年、弘文堂）。まさに狂歌は、宝暦～天明期の文化（「宝天文化」）の遺産といってよい。江戸の狂歌会は、唐衣橘洲が明和六年（一七六九）に催したことにはじまり、このときすでに元杢網夫妻と大家裏住の名がみえる。

元杢網は、享保九年（一七二四）に武蔵国比企郡の七郷村で生まれた。本名を金子正雄といい、のち江戸に出て大田南畝の『奴師労之』に通称で「大野屋喜三郎といへる者にて京橋北紺屋町の湯屋なり」とある。狂歌の普及に努めた一人として彼の影響は大きく、江戸の過半数が弟子であったという逸話さえもある。この杢網は、文化八年（一八一一）に八十八歳で没している。妻の智恵内子は、延享元年（一七四四）に生まれ、のち杢網とともに夫唱婦随で狂歌の素養を発揮したのである。

　また、大家裏住は享保十九年（一七三四）に生まれ、文化七年（一八一〇）七十七歳で没した。本姓を久須美、通称を白子屋孫左衛門といった。この大家裏住を名のったのは、日本橋金吹町で大家であったことに由来するという。狂歌のほかにも鷺流の狂言をよくし、野呂松人形の名手であったことでも知られている。

元杢網夫妻墓（正覚寺）

　続く手柄岡持は享保二十年に生まれ、文化十年七十九歳で没した。本名を平沢常富といい、佐竹藩の藩士として江戸詰の留守居役であった。狂歌師として、はじめ浅黄裏成、のち手柄岡持を号した。戯作者では、朋誠堂喜三二の名で知られている。狂歌に手を染める一方で、黄表紙の『親敵討腹鼓』『文武二道万石通』、洒落本の『当世風俗通』『娼妃地理記』などの優れた作品を残し、積極

葛飾北斎筆　冨嶽三十六景・深川万年橋下

的な作家活動を展開した。しかし岡持は、『文武二道万石通』で筆禍事件を起こし、筆を断たれたのである。

このように「天明狂歌」を支えた彼らにとって、深川は文芸の憩いの地であり、いま元杢網夫妻は正覚寺（江東区深川二丁目）に、大家裏住が一言院（同区三好三丁目）、そして手柄岡持が一乗院（同区平野二丁目）に、それぞれ葬られている。

深川の文化の草分け〝芭蕉〟

深川は、隅田川を前に江戸市中を臨むと、実に景色のよい場所でもあった。東に青くそびえる筑波山、西には白く雪を頂いた富士山がそそり立ち、さながらここからは一大パノラマが広がってみえたのである。そのため、江戸時代後期の浮世絵師の歌川広重や葛飾北斎らは、競って深川の地からの眺めを画題に選び、今に多くの作品を伝えている。

この深川に偶然にも住み、この地を生涯の活動拠点とした人物が俳人芭蕉であった。芭蕉は、延宝八年（一六八〇）三十七歳の冬、市中から隅田川の「深川のほとり」（「柴の戸」）に移り住んだ。草庵からの眺めを芭蕉は、俳文「乞食の翁」（天和元年〈一六八一〉末の作）のなかで「窓ニハ含ム西嶺千秋ノ雪、門ニハ泊ス東海万里ノ船」という杜甫の詩を引用して絶賛している。さらに、「寒夜の辞」（天和元年冬の作）では、「深川三またの辺りに草庵を侘て、遠くは士峰の雪をのぞみ、ちかくは万里の船をうかぶ。あさぼらけ漕行船のあとのしら浪に、蘆の枯葉の夢とふく風もやゝ暮過るほど、月に坐しては空き樽をかこち、枕によりては薄きふすまを愁ふ」とある。俳文全体の内容は別にしても、芭蕉は、雪に被われた富士山の雄大な美しさと、川を行き交う船の活気ある様子を描写している。芭蕉は、旅の生活のあと必ず深川の草庵に戻り、そこで執筆活動をし、『おくのほそ道』をはじめとする不朽の名作を残した。つまり芭蕉にとって深川は、旅の「非定住」とは別に、ここが創作活動を支えるための空間として自覚していたことになる。

ここにも深川のもつ文学を育む要素が隠されていたといえよう。こうした気風と風情、そして心地好い響きの奥底に、「深川」のもつ独特の風土と環境をそこに見いだすことができるのである。

深川への認識と江戸の再開発

隅田川を挟んだ深川が幕府から注目されるようになったのは、寛永十八年（一六四一）の火災を契機としていた。このときの火災は、俗に「桶町火事」ともよばれ、日本橋付近の材木置場にあった資材をことごとく焼失してしまったのである。

その結果、幕府は防火対策として隅田川以東にこれを移す計画を急浮上させた。その候補地が、深川の元木場であった。『文政町方書上』には、「かつて深川は海で、徐々に寄洲ができ、寛永のころには地高の場所になった。ここを本材木町や三十間堀および神田周辺の材木問屋が材木置場として幕府から下賜された」という。こうして「川向う」への材木置場の移転が、ようやく開始されることになったのである。

江戸の発達とともに繁栄してきた材木商は、元木場に移った延宝年間（一六七三〜八〇）には、すでに二一人がそこに材木置場を抱えている。このころには、江戸市中に三五ヵ町あったと伝えられる有力な材木商の材木置場が、ここに集中していたことになる。元禄三年（一六九〇）には、それまで材木問屋の中心地となっていた本材木町の入堀が埋め立てられ、新町が造成されている。これによって材木商の深川への移住が促進されたのである（『江東区史』昭和三十二年）。

その後、再び深川地域が注目されることになるのは、明暦三年（一六五七）一月十八日から十九

深川木場《ふかがはきば》
この辺《へん》材木屋《ざいもくや》の家《いへ》多《おほ》きにより名《な》を木場《きば》といふ
その園中《えんちう》おゝく山水《さんすい》のおもむきありて風流《ふうりう》の地《ち》と称《しよう》せり

深川木場（『絵本江戸土産』）

日にかけての火災によってである。この火事は、俗に「振袖火事」ともよばれ、江戸城をはじめ多くの武家屋敷や町屋を焼失した江戸史上最大の大火であった。幕府は、この事態に大規模な都市再編計画を実施することで、深川には多くの寺院が移転され、さらには新たな大名屋敷の拝領もあって、隅田川の下流域や小名木川などの運河流域には大名の蔵屋敷や下屋敷などが多く分布するようになった（『江東区史』上　平成九年）。

こうして深川は、隅田川を挟んで江戸の市中を結びつける重要な地域へと次第に変貌していくことになる。その一方で、この地域は、水害が頻発する地域として幕府や江戸の庶民から認識されていたのである。

第二章　江戸の災害事情

1　水との闘いはじまる

〝過密都市〟江戸の災害

元禄五年（一六九二）に刊行された『世間胸算用』のなかで西鶴は、江戸が「日本第一、人の集まり所なればなり」と記している。享保九年（一七二四）の幕府の町人の人口調査によると、男性がおよそ三〇万人、女性が一六万五〇〇〇人であったとする。これに武士の人口をほぼ同数として、当時の江戸は一〇〇万人の世界最大の都市になっていたのである。西鶴の記述は、それよりも三〇年ほどさかのぼるものであるが、すでに江戸はこの水準に近い人口を抱えていたものと思われる。

この人口に対して、武家地と町人地および寺社地の面積比率は、およそ六対二対二の割合であり、町人地の人口密度が極めて高い傾向にあったことを示していた。そのなかでも日本橋界隈は、江戸

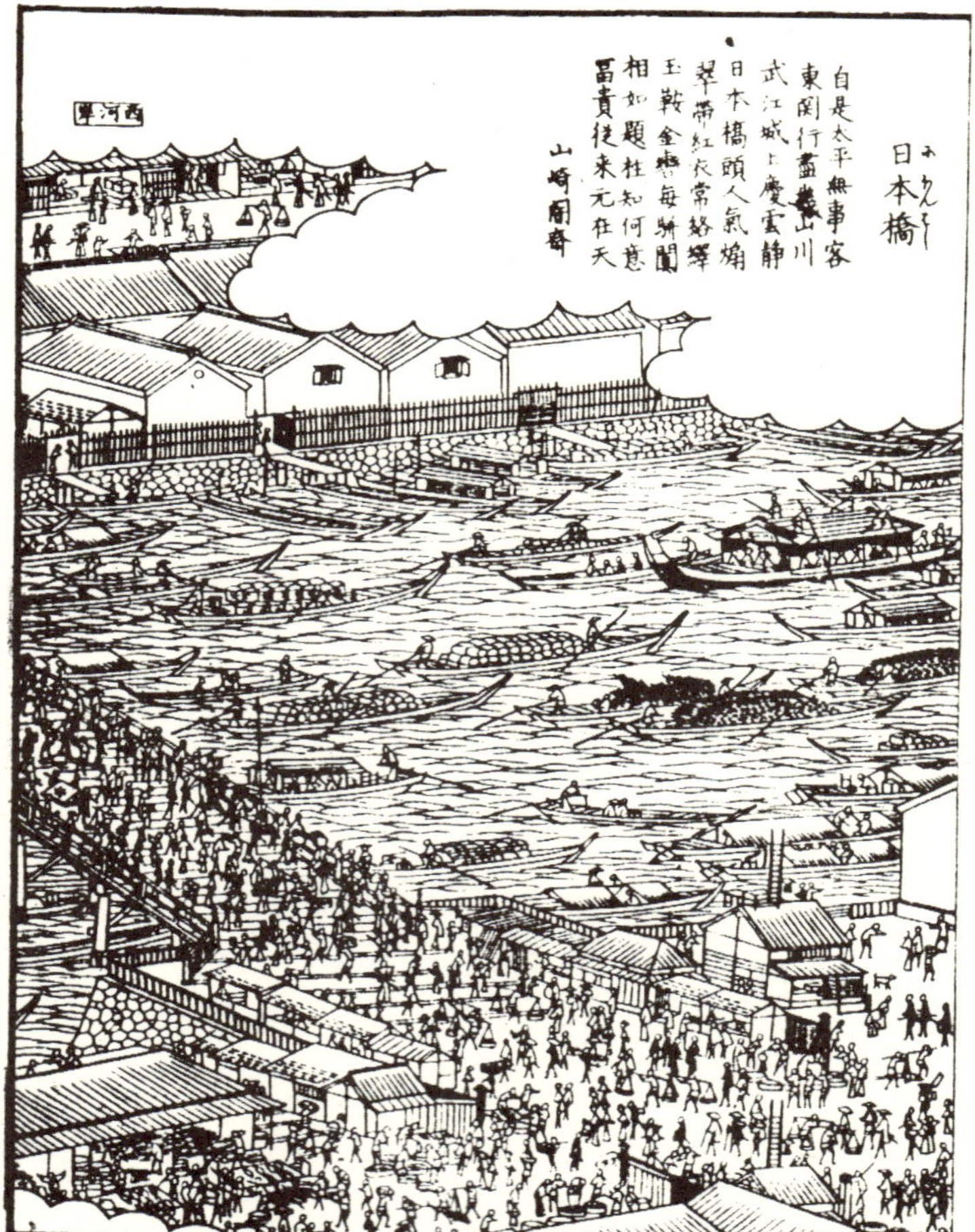
日本橋
自是太平無事客
東関行盡幾山川
武江城上慶雲静
日本橋頭人氣煽
翠帶紅衣常絡繹
玉鞍金轡每騈闐
相如題柱知何意
富貴徒来元在天
山崎闇齋
西河岸

日本橋風景（『江戸名所図会』）

の消費を支える町人の街として開幕以来繁栄を続けてきたのである。この状況からも、日本橋界隈は、とくに町人や職人および地借・店借層が集住する過密地域であったといってよい。

そのため江戸の市中は、一度火災などの災害が発生すると、予想以上に被害を拡大する恐れがあった。しかし、こうした災害に弱い政治都市は、そのつど、庶民の力強いエネルギーによって復興を果たし、大江戸としての発展を遂げてきたのである。

芭蕉は、寛文十二年（一六七二）に江戸に下向し、町人でにぎわう日本橋界隈に住み、さらに延宝八年（一六八〇）には深川に移り住んでいる。そのため芭蕉は、これらの地域で数度の災害を経験することになる。ここでは、さまざまな災害の事例を紹介しながら、芭蕉のいたころの災害事情を想起することを目的とし、これをもとに次章以降で検討する江戸の芭蕉の足跡を探る一手がかりとしておきたい。

江戸の水害

江戸は、隅田川に象徴される水の都であった。その一方で、江戸は水害の多発する地域でもあったのである。まず、江戸で発生した水害と、その特徴についてふれておくことにしよう。

徳川家康が入府した天正十八年（一五九〇）八月一日から二日後、江戸は水害に見舞われた。以降、江戸は、慶応三年（一八六七）までの二七七年間に六七件の水害があったといわれている。これを平均すると、およそ四年に一回の割合で水害を経験していたことになる（吉原健一郎「江戸災害年表」〈西山松之助編『江戸町人の研究』五、昭和五十三年、吉川弘文館〉）。

このように水害が多発する江戸は、家康から三代将軍家光の幕府成立過程で、早くから河川の改修に着手していた。これが、隅田川の上流に位置した利根川の川筋を、荒川に付け替えるための工事である。その後も幕府は、水害を緩和しようとする河川改修を何度となく実施している。この実体は、慢性的に水害に悩まされていた江戸の姿でもあり、まさに水との闘いであったといってよい。

隅田川以東の水害の特徴は、利根川河口に位置していたこともあり、勢いの強い洪水が一気に押し寄せるというものではなく、徐々に水かさが増し、やがてその水が引いていくという、緩やかな形の水害であったとされているのである（鈴木理生『江戸の川　東京の川』平成元年、井上書院）。

深川地域の水害情報

江戸の形成過程で本所と深川地域が水害の記録のなかにみられるのは、『御徒方万年記』の寛文十一年（一六七一）八月二十九日に「本所大水ニ付」とあり、この周辺に武家屋敷があったために記述されたものである（以下、おもな引用は『東京市史稿―変災篇―』による）。これより早く万

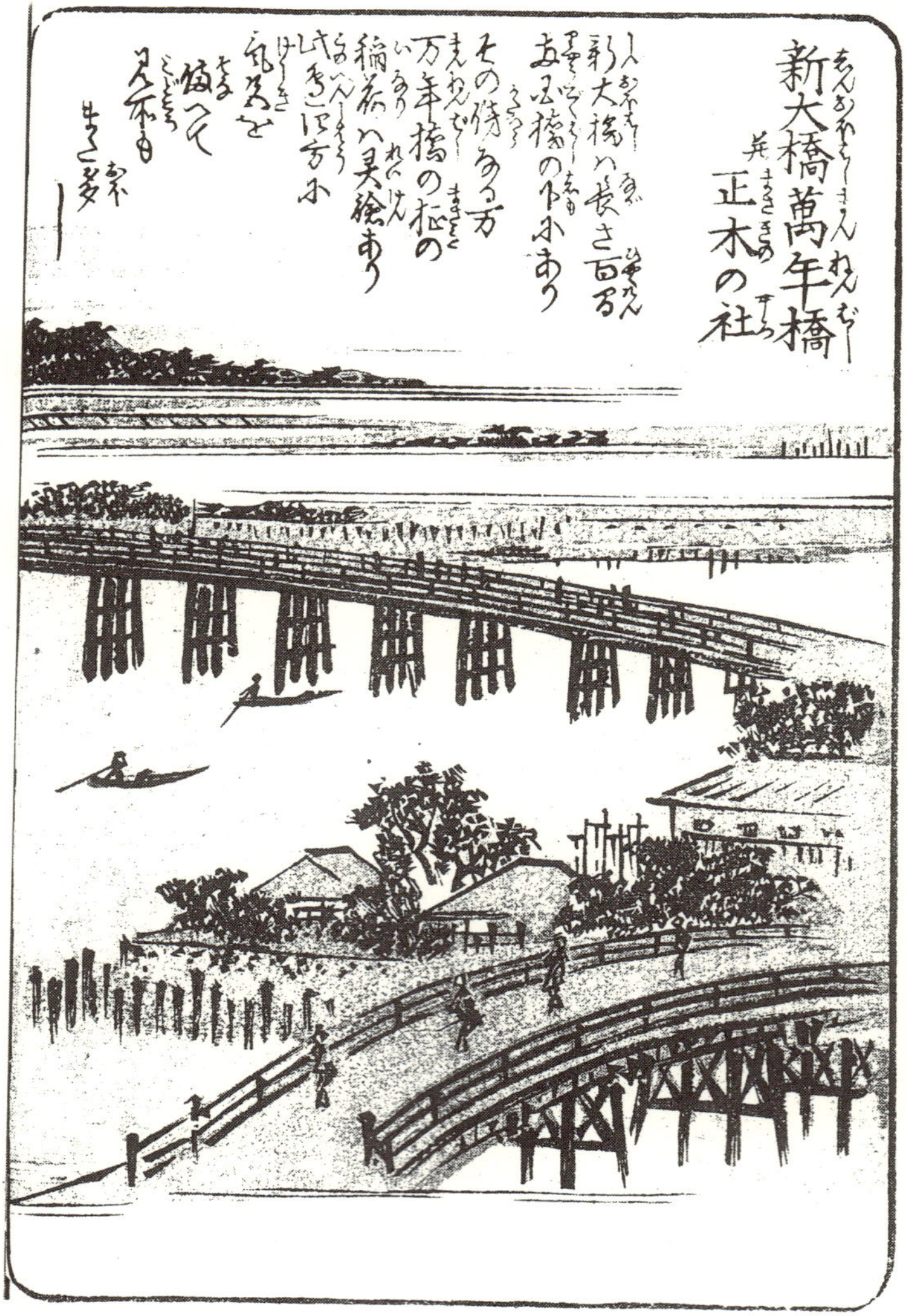
新大橋萬年橋
並 正木の社

新大橋万年橋并正木の社（『絵本江戸土産』）

治二年（一六五九）七月三日には「今酉刻深川両国橋之通無之、仮橋大水ニて六十間余押流」すという記事が『柳営日次記』にみえており、深川から両国橋にかけての往来が冠水したことを報告している。しかし、深川が開拓されたのは、慶長年間（一五九六〜一六一四）のことであり、その記録よりも早い段階から水害に見舞われていたのであろう。

その後、延宝八年（一六八〇）閏八月六日には「夥敷風雨、江戸御城内外悉く破壊、本所・深川之内前代未聞之大水」（『続談海』）とあり、このときの暴風雨によって江戸城の内外でも相当の被害をだしていた。ことに本所や深川では、かつて経験したことのない前代未聞の水害であったことが伝えられている。『武江年表』には、このときの様子を「大風雨、深川・本所・浜町・霊巌島・鉄砲洲・八丁堀海水漲り上て、家を損し人溺る」として、各所の被害が広く報告されていた（昭和五十三年一〇刷、平凡社）。

いずれにしても延宝八年閏八月の水害は、江戸市中から「川向う」の地域がようやく江戸の庶民からも注目されるようになったことを示している。そして元禄六年（一六九三）に隅田川に新大橋が架橋されると、市中との交流は活発となり、本所・深川の情報量は飛躍的に拡大するようになっていくのである。

続く宝永元年（一七〇四）七月の大水害は、「本所え大水来、北本所并亀井戸筋ハ軒迄水築。永代浦増福院は、水不入」（『護持院隆光僧正日記』）や、「葛西通亀井戸・本所・深川迄、洪水床ノ上六七尺ヨリ一二尺迄、浅深有之テ、水押上申候」（『文露叢』）のように、本所と深川地域の家屋の浸水被害が具体的に記述されるようになってきている。そして本所と深川が正徳三年（一七一三）に江戸に編入されると、災害に対する認識は市中と同レベルでとらえられるようになった。市中と本所・深川との距離は橋の架橋によって狭まり、活発な交流を背景に災害などの報告も幕府や庶民にも即応的に伝えられるようになり、より敏感に反応していくことになるのである。

寛延二年の水害と幕府の深川認識

幕府は、本所・深川地域が常に水害にさらされる地域であったことを認識していた。寛延二年（一七四九）八月十三日の大水害は、牛込・小石川地域を中心とするものであった。従来から出水地とみられていた本所と深川は、このときほとんど被害をだしていなかった。

『享保撰要類集』の八月十六日の条には、本所と深川周辺について、次のような報告がなされている。このとき本所では、水害による床上浸水がみられず、蔵などにも大きな被害はなかった、と伝えている。そして、深川についても被害の調査を実施したところ「陸え水揚ゲ候程ハ無御座候」としていたのである。

一方、『町年寄手控』の八月十五日の条には、今回の水害に対して「今夕七ツ」に両国橋に詰めていた月行事や人足を本所方面に派遣したことがみえている。このとき「中之郷・五百羅漢辺五六寸程水上り」の状況であったが、亀戸周辺では特に浸水した形跡もなく、石原や業平橋周辺でも同様に被害がなかったというのである。これら二つの史料からいえることは、大水といえば本所・深川のイメージがあり、幕府が今回の被害状況に意外な驚きと反応を示していたことがわかる。このことは、本所から深川が、常に水害の危機にさらされるとの認識が強かったことを、逆に象徴する出来事でもあった。

このように深川は、早くから江戸の都市再編計画を進めるうえで重要な地域として幕府から認識され、庶民からは独特の風土を抱えた土地柄として、江戸庶民の文化を育む環境にあった。しかし深川は、その一方で低地という土地柄から、水害地帯としてのイメージを江戸の人びとに強く印象づけていたのである。

寛政三年の高潮

深川の南部は海に面していた。隅田川の河口は、満潮を迎えると海水が差し込む。そのため木場の水質は、海水と適当に混じり合うために貯木場として恵まれた環境にあった。しかし、この南部地域は、ときとして高潮の被害を受けている。宝永三年（一七〇六）七月二十七日には「大風雨也。永代浦増福院え波打入、表長屋表門破損、其外板塀垣等破損」（『護持院隆光僧正日記』）とある。翌四年八月十九日には、「大風雨、深川・鉄砲洲高汐」（『文露叢』）として被害にあっていた。

このような高潮は、これら一帯にたびたび被害をもたらしていたものと思われる。そのため幕府は、元禄十二年（一六九九）に洲崎波除石垣土手を造成していたが、寛政三年（一七九一）九月四日の高潮はそれをはるかに越す大規模なものであった。

寛政三年八月六日と、九月三日から四日の両日にかけて江戸は、台風に見舞われた。八月の台風では、「大雨、深川津浪にて大船二艘相川町河岸に吹上たり、洲先(崎)辺家流人死」（『き、のまに〳〵』）とあり、深川の相川町の河岸には大船二艚を陸にまで押し上げるほどの威力だったことを伝えている。その後、九月三日から四日にかけての台風は、大雨とともに折りあしく四日の午前九時ごろの満潮と重なったために沿岸一帯を高潮が襲ったのである。二度の高潮は、『き、のまに〳〵』などに「大津浪」と記されるほどの波高であった。

この状況を『親子草』から再現すると、八月の台風で芝・築地・霊岸島・深川・砂村の一帯は、とくに床上浸水の被害はみられなかった。しかし浜御殿（現、中央区・浜離宮庭園）脇にあった井上因碩の屋敷では、一尺余りが床上に浸水していたのである。この屋敷は、前年も同様の浸水被害をだしていたが、そのときは床下程度で済んだ。そのため因碩は、九月の台風のときもあらかじめ高潮の警戒にあたっていたが、今回は「一さんに汐打上げ」というように、一瞬の出来事であった。因碩の屋敷は四尺余りも床上に浸水し、近隣では「長屋門にて一棟押潰」すなどの被害をだしていたのである。

また、芝高輪（港区）では高潮が縄手の石垣を崩し、元船一艚を陸にまで押し上げている。そして高輪大木戸にあった河岸通りの料理屋などは大破したといい、羽田弁天の石の鳥居は壊れ、境内の大半の樹木をなぎ倒すという状況であった。この高潮による羽田の鳥居や樹木の被害は、「古来まれに候」とあるように、想像を絶する瞬時の出来事であったのである。

一方、本所・深川地域では、前日からの風雨と午前九時ごろの満潮が重なり、隅田川の水かさも次第に増していた。このような状況にあった午前一〇時ごろに高潮が押し寄せたのである。第1表は、周辺の高潮による水かさの状況をあらわしている。それによると、両国橋付近では一丈（約三メートル）にも水かさが増していた。深川付近は、築出新地・越中島町・東仲町などで最高四尺ほどの床上浸水であった。本所でも、南割下水通りでは、三尺余りに達した水が往来を冠水している。洲崎と木場付近は、八月の台風よりも二尺から三尺も高い波が押し寄せたというが、このときの波高は不明である。しかし、この高潮は、他の状況からもそれをしのぐ猛烈なものであったと思われる。

第1表　寛政3年本所・深川付近の高潮状況

町　名　等	潮　水　か　さ
両国橋付近	平常より潮1丈程水かさを増す
佐賀町	床上6～7寸
熊井町	床上1尺余
相川町	床上1尺余
中島町	床上6～7寸
大島町	床上1尺程
築出新地	床上4尺程
割下水常浚屋敷・越中島町	床上4尺程
洲崎付近・木場付近	8月の高潮より2～3尺水かさむ
東仲町・夷宮付近	床上4尺程
寺町付近	床上2尺程
扇橋付近・高橋裏通付近	床上1尺余
清住町	床上2尺程
六間堀町付近	床上2、3寸～1尺余
元町	床上2、3寸～1尺余
材木町	床上2尺程
黒江町	床上2尺程
猿江裏町付近	床上3尺程
本所緑町五丁目付近裏通	往還に1尺4～1尺5寸冠水、場所により高下あり
本所北松代町裏通	往還に1尺4～1尺5寸冠水、場所により高下あり
亀戸町付近	往還に1尺4～1尺5寸冠水、場所により高下あり
南割下水通	往還に3尺余冠水、場所により高下あり

「出水一件」(『東京市史稿』変災篇二)より作成。

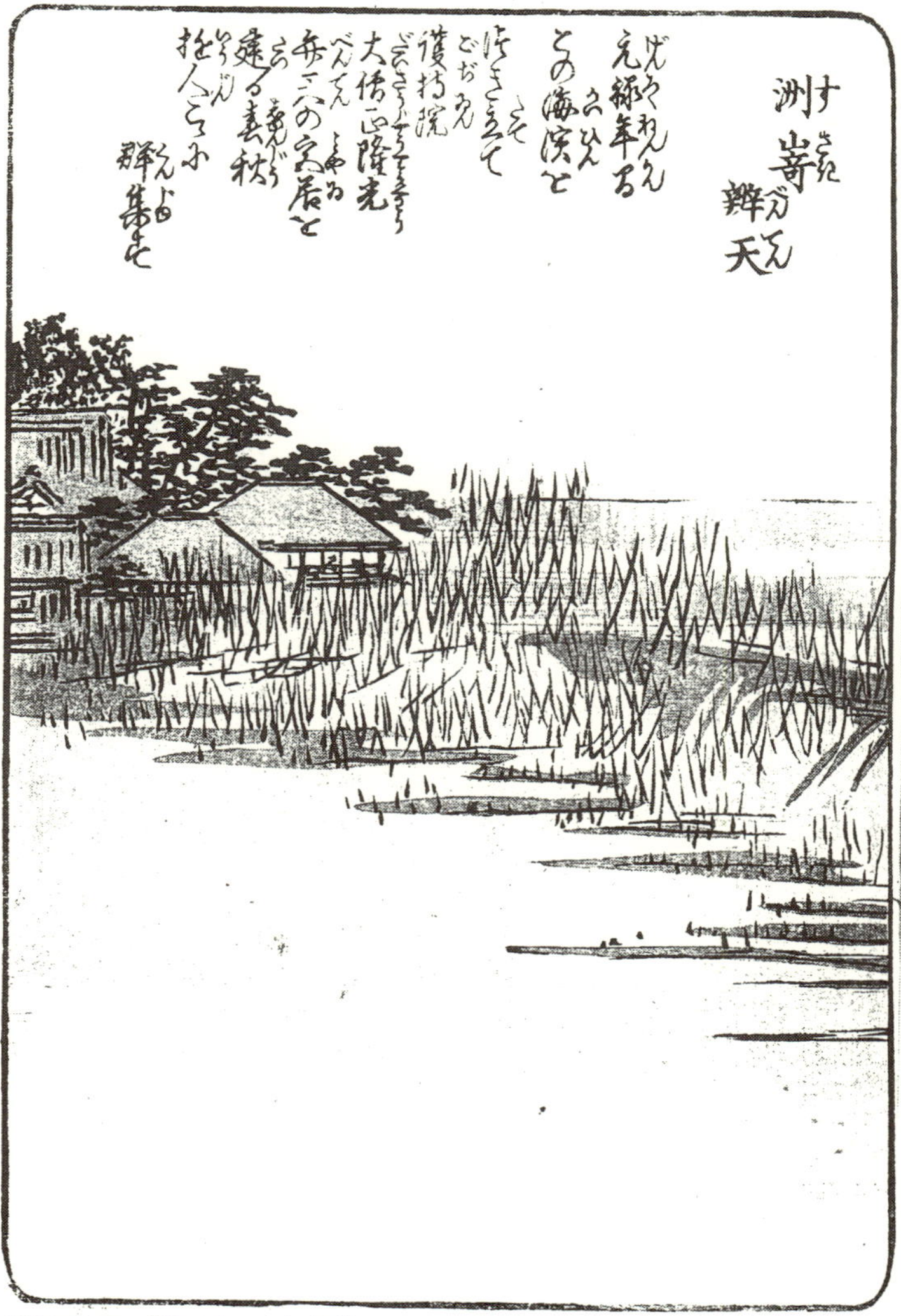

洲崎弁天(『絵本江戸土産』)

ところで洲崎は、元禄年間（一六八八～一七〇三）に埋め立てられた土地で、洲崎原と称していた。元禄十六年（一七〇三）にこの土地の一部を久右衛門が買い受け、正徳三年（一七一三）には町並地となり、久右衛門町とよばれるようになったのである。そしてこの地は、海に面していたことから庶民の潮干狩・船遊び・月見・釣りなどの行楽地として知られていた。

この洲崎を高潮が襲ったのである。洲崎の被害は『親子草』によると「深川洲崎弁天大破致し、唐銅の濡仏を波にて打たをし、家ことぐく流れ、又は打潰、石垣などは所々崩」れとあり、洲崎弁天などの多くの建物が崩壊していた。このあとで洲崎見物に訪れた者の話によれば、高潮による溺死者は「早桶へ入並べ有之」として遺体が処理され、あまりの人数の多さに言語に堪えない状況にあったと伝えている。

幕府は、この悲劇に対して十二月九日、回向院に永代寺で洲崎の溺死者の供養をするように命じている（『武江年表』昭和五十三年、平凡社）。そして被害の大きかった洲崎弁天から西側の久右衛門町一丁目と二丁目および入船町・佐賀町代地は、寛政六年（一七九四）に付近の家作を禁じ、空き地としたのである。その範囲は、東西二八五間・南北三〇間余りの面積五四六七坪に達し、その東西の空き地に幕府は二基の「波除碑」を建立した。このときの碑文の内容は、左記のとおりである（『江東区史』昭和三十二年）。

葛飾郡永代浦築地
此所寛政三年波あれの時、家流れ人死するもの少からず。此後高なみの変ハかりかたく流死の難なしといふべからず。是によりて、西ハ入舟町を限り、東ハ吉祥寺前に至るまで、凡長弐百八拾五間余の所、家居とり払ひ、あき地になしをかるゝもの也
寛政六年甲寅十二月日

弘化三年の大水害

その後も本所と深川の地域は、寛保二年（一七四二）と天明六年（一七八六）の大水害を経験するなど、相変わらず水害に見舞われていた。弘化三年（一八四六）のことである。この年の天候は、六月から七月上旬にかけて霖雨が続いていた。『斉藤月岑日記』には、「六月以来時々雨、十五日よりハ別て日々雨降」るというように、長雨とたびたび大雨が降っていた。この状況から当地では、天明以来の大水害を再び経験することになる。

六月十八日には、普請役の石河土佐守（政平）と立田岩太郎（正明）の両名が利根川の検分に赴き、栗橋宿付近で一丈五尺余りも増水していることを報告している（『川々御普請留』）。そして六月二十八日には、ついに埼玉郡本川俣村の利根川堤防が決壊してしまった。この日、隅田川も大水

となり、昼八つ時（午後二時）ごろから本所付近で出水している。翌二十九日は、増水が一層顕著となり、家屋への浸水にいたった。

隅田川の増水の状況は、第2表のとおりである。このため幕府は、六月二十日から七月十七日までの間、ほぼ毎日の水かさの増減調査を実施している。六月十八日の「関東川々之出水」から二日後のことである。二十日の二尺ほどの増水を皮切りに、徐々に隅田川は水かさを増していった。そして二十九日の夕方には、計測から最大の六尺七〜八寸にまで達していたのである。その後、次第に減水傾向にあったものの、七月八日朝から再び増水しはじめ、十日には五尺八寸まで水かさが増した。これをピークに水は減り、十七日にようやく「残五寸」のほぼ平常時の水面に戻っている。このように隅田川は、このときの水害で減水までにおよそ一ヵ月もの期間を要していたことが明らかとなる。

その間、幕府は、隅田川に架かる四橋の大川橋（吾妻橋）・両国橋・新大橋・永代橋を通行止めにした。そして家屋の浸水は、「二階ある家ニハ近辺の人遁来て宿り、老人小児ハ江戸向、山の手縁ニつれて送り遣す」（『き丶のまに〳〵』）とあり、二階建ての家や高台にある山の手方面への避難を余儀なくされていた。

『巷街贅説』には、

第２表　弘化三年大水害による隅田川水かさ調査状況

調査日	水かさ増減状況	水位状況	摘　　要
6/20朝	平常より２尺程増水		流物なし
6/21	５寸増加	２尺５寸程	
6/22	３寸増加	２尺８寸程	天気相応水かさ増す
6/23	３寸増加	３尺１～２寸	
6/26		２尺６～７寸	神田川へ落水
6/27	５～６寸増加	３尺２～３寸	雨天増水・神田川へ落水
6/28朝	１尺６～７寸増加	４尺８～９寸	神田川へ落水・流物少々
6/28夕	６寸増加	５尺４～５寸	神田川へ落水・流物少々
6/29朝	１尺１寸増加	６尺５～６寸	
6/29夕	２寸増加	６尺７～８寸	
6/30	５寸減少	６尺２～３寸	
7/2		５尺７～８寸	
7/3	３～４寸減少	４尺８～９寸	
7/4	４寸減少	４尺３寸	
7/5		３尺８寸	
7/8朝	４寸程増加	４尺２～３寸	
7/8夕	７寸増加	５尺	
7/9朝	２寸増加	５尺２寸	
7/9夕	６寸増加	５尺８寸	
7/10		５尺８寸	
7/11	５寸減少	５尺３寸	
7/13	２寸減少	３尺５寸	
7/14	４寸減少	２尺８寸	水勢徐々に弛む・流物なし
7/15	５寸減少	１尺８寸	
7/17	９寸減少	残水５寸	平水同様

「出水一件」（『東京市史稿』変災篇二）より作成。

此（利根川）河股つゝみ、此度切所百六十間、後又五十間余崩る。其外亀有・平井・小松川等の小堤、諸所追々切崩れて、此水筋亀戸・本所・深川へ押水して、数日たゝへて、七月半過漸々に水落たれ共、従来暫らくは高足を用ゆると聞。

のように、亀戸から本所・深川付近の水の引き方が遅く、不自由な生活を強いられていたことを伝えている。このときの往来の冠水や床上への浸水状況は、地域によってまちまちであるが、例えば深川大島町や深川泉養寺門前が往来で五尺・床上二尺の浸水を記録していた。そしてこの水害による影響は、「この夏両国辺夕涼なし、諸所船宿業を休む」（『武江年表』）とあり、江戸の庶民をわかせた年中行事も中止に追い込むほどの深刻な事態であった。

延宝八年閏八月の水害と芭蕉の深川移居説

江戸市中の水害がもとで芭蕉が、延宝八年（一六八〇）冬に深川に移居したという説がある。しかし深川は、これまでみてきたように常に水害にさらされてきた地域であった。従来から指摘されてきた、さまざまな芭蕉の深川移居説を整理された富山奏氏は、この説について次のような解説を付している（『芭蕉文集―新潮日本古典集成』昭和五十五年三版、新潮社）。

芭蕉が深川に隠栖した延宝八年の江戸は、風雨・洪水による飢饉で、惨状を呈していたようである。『米商旧記』には、「大風雨・洪水にて、米穀みのらず」とあり、更に『玉露叢』には、閏八月六日の、おそらくは颱風の来襲によると思われる被害状況を、次のように記録している。

閏八月六日。巳の刻より風雨。午の刻より未の刻に至るまで大風となり、江戸中にて吹き倒されたる家、三千四百二十戸余り。本所・深川にて溺死七百余人。水損米二十万石余り。本所・深川・木挽町・築地・芝あたり、海水あふれ、潮水床上より四五尺、または七八尺に及びたり。前代未聞の事なり。

なお、これより一週間後の、十三日から十四日にかけても、再度颱風が江戸を襲撃しているようで、その混乱は大変なものである。が、このような、江戸市民に共通な—従って、他の俳諧師たちにも共通な—天災を原因として、特異な芭蕉の隠栖を説明するのは、いささか思い付きに過ぎるようである。ことに、彼の隠栖した深川は、—そこに門人杉風の持家があり、その庇護を受けるに好都合であったにしても—右に紹介した『玉露叢』の記録によると、当時最も甚大な被害地である。これでは、まるで、好んで死地に飛び込むようなものである。従って、経済的弱者である芭蕉の、当時の窮状を推測させる興味深い説であるが、そうした天災を、異常な行動である隠栖の原因と解することは、いささか恣意的に過ぎる見解で、必然性の乏しいものである。

富山氏は、この説を「江戸市民に共通な―従って、他の俳諧師たちにも共通な―天災を原因として、特異な芭蕉の隠栖を説明するのは、いささか思い付きに過ぎる」とし、「好んで死地に飛び込むようなもの」と批判のうえ、解説している。私も基本的には、この水害が芭蕉の深川移居の要因とみることには賛同できない。

既述のように、深川は無類の水害地帯であり、このときの被害も本所と深川のほか「木挽町・築地・芝あたり」とされ、『武江年表』には「浜町・霊巌島・鉄砲洲・八丁堀」とあるが、このときの被害は隅田川沿いの町々が中心であり、芭蕉が住した小田原町付近の被害は特に報告されていなかった。つまり、そのことが原因で深川に移り住むとは思われないのである。

さらに芭蕉が深川に移り住んだのは、少なくともそれから二ヵ月後のことであり、水害から時間が経過しすぎているのは不自然である。このときの深川の状況を富山氏は「好んで死地に飛び込むような」ものと表現しているが、芭蕉は現実としてそれから数ヵ月後に深川に移り住んでおり、そのような指摘は当てはまらないものと思われるのである。つまり、さきの弘化三年（一八四六）の水害でみたように、隅田川の減水にはそのとき一ヵ月を要していたが、こうした平坦地の水害はある程度水が引いてしまえば、復旧は意外に早かったであろう。

芭蕉が深川に移り住んで以降、幸い大きな水害はなかった。しかし、芭蕉の元禄五年（一六九二）に「名月や門に指くる潮頭」という句がある。この句について、かつて幸田露伴は、「ふだんは門に及ばぬ潮が、此時はまんまんと門にさしくるのだ。空には満々たる月があり、門には潮がみなぎって来る。句に活動がある。堂々たる佳句である。（中略）東京湾の潮は秋夜には七尺ふくれる」（続芭蕉俳句研究）と評している（大谷篤蔵・中村俊定校注『芭蕉句集』昭和五十五年、岩波書店）。深川の草庵は、秋の大潮になると隅田川の水が湾から逆流することで水位が上がり、しばしば「門に指くる」状況にもあったのである。

2　頻発する江戸の大火

江戸の火災の特徴

ここでは、江戸の火災をとりあげることにする。

徳川家康は、天正十八年（一五九〇）八月一日に江戸への入府をはたした。この日を「八朔」という。それから間もない九月三日には、貝塚の増上寺を焼失した。現在、『東京市史稿』の変災編には、この火事を皮切りにおよそ六〇〇件の火災の記録を収め、そのうち八七件ほどが大火であったとされている。さらに吉原健一郎氏の「江戸災害年表」（西山松之助編『江戸町人の研究』五、昭和五十三年、吉川弘文館）には、江戸の火災としておよそ一八〇〇に及ぶ記録を収め、それらから二一二三件の火災を数えることができる。火災は日常的におこるもので、すべての記録を網羅しているとはいえない。しかし、これらの業績は、その内容を詳細に分析することで、江戸の火災の傾向を知ることができる貴重な内容である。

ところで、村井益男氏は、「火事と喧嘩は江戸の華」（稲垣史生監修『江戸の大変』所収〈平成七年、平凡社〉）のなかで、かつて山川健次郎撰『東京府下火災録』の成果を紹介している。そのなかで山川氏が指摘した江戸の大火には、

①　おもな発生時期が十一月から五月まででピークが三月であったこと。

②　大火は、おもに南・西南・北・西北の烈風で、とりわけ北・西北の風が三分の二を占めていること。

③　そして最も火災の多かった地域は日本橋の北側であったこと。

のような特徴があったとしている。

このように冬の江戸の火災は、吹き荒れる江戸特有の「空っ風」が起因しており、町人の密集す

る日本橋界隈で火災が発生した場合、その風にあおられた火が人口の密集する狭い裏路地の長屋にも燃え移るなど、火災を一層拡大させる要因にもなっていたのである。

江戸の「十大火事」

江戸の「十大火事」と称されたものは、第3表のとおりである。このうち江戸の市中から隅田川を飛び越して本所・深川地域にまで達した大火は、明暦の大火以来、天和二年（一六八二）の「八百屋お七の火事」、元禄十六年（一七〇三）の「水戸様火事」があった。

明暦の大火は、明暦三年（一六五七）一月十八日から十九日に発生した江戸開幕以来最大の火災であった。そして折からの西北の季節風と、このころの幕府の防火対策の不備がもとで、被害を一層拡大させたのである。『玉露叢』には、「昨今の強風にて、江戸中残り少なく、御城をはじめ、諸大名衆・御旗本中、并民屋悉く焼けほこり、前代未聞の火難」であったと記している。江戸城は、この大火で焼失し、ついに天守閣が再建されることはなかった。

さらに、火災の翌日と二十七日、江戸は大雪が降り、被災者の悲劇を生んだ。『徳川実記』の一月二十日の条に「火をさけて曠野に露坐せし細民等。凍死するもの又少からず」とあり、二十七日の条にも「けふよりまた大雪あり。いまだ家居なき細民凍死する者多し」のように家屋を失った被

第３表　江戸の十大火事

	俗　　称	火災発生月日	出 火 場 所
＊1	振袖火事・丸山火事・丁酉火事	明暦３年(1657) １月18日～19日	本郷丸山の本妙寺から出火
＊2	お七火事	天和２年(1682) 12月28日	駒込大円寺から出火、八百屋お七の放火
3	勅額火事・中堂火事	元禄11年(1698) ９月６日	新橋の南鍋町から出火
＊4	水戸様火事	元禄16年(1703) 11月29日	小石川の水戸屋敷から出火
5	小石川馬場火事	享保２年(1717) １月22日	小石川馬場の武家屋敷から出火
6	目黒行人坂火事	明和９年(1772) ２月29日	目黒行人坂大円寺から出火
7	桜田火事	寛政６年(1794) １月10日	麹町平川町から出火
8	車町火事・牛町火事・丙寅火事	文化３年(1806) ３月４日	芝車町の明店から出火
9	佐久間町火事・己丑火事	文政12年(1829) ３月21日	神田佐久間町の材木小屋から出火
＊10	地震火事	安政２年(1855) 10月２日	地震によって市中各所から出火

『縮刷版　江戸学事典』(弘文堂)の「火事」の項より作成。
＊印は、本所・深川地域に影響のあった火事を示す。

万人塚（回向院：墨田区両国）

災者が野宿のすえ、この大雪で多くが凍死してしまったのである。明暦の大火の犠牲者は「焼死之者十万人余と相聞候」（『千登勢の満津』）とあり、のちに幕府は本所の回向院に万人塚を建立して、その人々を供養している。

こうした大火の記録のなかで本所・深川地域の地名がみられるようになったのは、この明暦三年（一六五七）からのことである。『明暦炎上記』には、「北ハ柳原、東ハ深川ノ向ヲ限、南ハ京橋・鉄砲洲ヲ限焼ヌ」や、『むさしあふみ』に「浅草・深川よりこれまて、惣じて六里あまりの、湊々にて、舟ともの焼る事、いく万そうとも数しらず」とあり、さらに『後見草』には「浜町霊巖島ニて霊巖寺内焼、新堀稲荷橋を越、鉄炮洲・洲崎辺迄残らず焼ける」などの記述がみられる。

天和二年（一六八二）の「八百屋お七の火事」は、駒込大円寺から出火した。深川芭蕉庵が焼失したのは、このときの火災であった。次の「水戸様火事」は、強い西南風にあおられ、はじめ本郷方面を焼失した。しかし風向きが西北風に変わったことで、火はみるみる隅田川を越して両国橋を焼き、本所一ツ目から深川霊巌寺までの武士・町人の屋敷をことごとく焼き尽くしたという（『柳営日次記』）。幕府は、市中の火災から経済的な損失を最小限にとどめる地域として深川に注目したが、ときに隅田川を飛び越すほどの猛火によって、深川地域も多大な被害に見舞われることがあった。

このように市中からの火災で本所から深川が延焼したケースは、江戸特有の「空っ風」で激しい西北の季節風が影響していた。このことは、「振袖火事」「八百屋お七の火事」「水戸様火事」に限らず、これらの地域が市中からの火の粉によって焼失を免れない位置関係にあり、ことに深川は火災の焼け止る地域でもあった。

防火対策と江戸の町

明暦の大火以降の防火対策がどのようなものであったのか、考えてみたい。

例えば屋根葺の防火対策は、次のような経緯があった。慶長六年（一六〇一）の駿河町の火事は、それまでの茅葺屋根を板葺にするように命じた。このとき本町二丁目の滝川弥次兵衛は、屋根の表半分を瓦とし、残りを板葺にしたことから「半瓦弥次兵衛」と評判になったことが伝えられている（『慶長見聞集』）。防火のためには、茅や板屋根よりも瓦屋根が出火と飛び火の防止に役立つのである。しかし幕府は、慶安の大地震で大名屋敷の瓦屋根が大崩れして被害をだしたことで、これらを柿葺に変更するように命じた。

慶安二年（一六四九）六月二十日、午前三時ごろのことである。現在の江戸川東京湾地震帯を震源とするマグニチュード七・一（推定）の地震が、江戸を震撼させた。この地震では、武蔵と下野の二ヵ国が大きな被害をだしていた。そして上野寛永寺の大仏は、この揺れで頭部が落下してしまうほどであった。さらに、江戸の城下は二之丸の城壁や、武家地の大名の屋敷も多数破損したといわれ、多くの圧死者をだしたと伝えている。このとき島津直矩の屋敷はほぼ倒壊し、死者四〇人余りと負傷者四〇～五〇人に上っていた（『細川家記』）。

幕府は、この地震の被害が「民屋倒レ、其外諸大名ノ瓦悉崩」れたことで「此時ヨリ瓦葺ノ分皆々コケラ葺ト成」（『玉滴隠見』）といわれ、瓦屋根よりも軽量な柿（こけら＝ひのき・まきなどを薄くはいだ板）葺の屋根の普及に努めている。このことは、瓦の屋根が重すぎるために、家を支える柱の耐久性に問題があったことを示していたのである。しかし、この幕府の震災対策は、明暦三年（一六五七）の大火で多くの家屋を焼失するという皮肉な結果をもたらすことになった。

一〇万人を超す犠牲者をだした明暦の大火の結果、幕府の防火対策は市中の家屋を、それまでの軽量な柿葺から改めて変更を余儀なくされることになったのである。万治三年（一六六〇）三月十一日の町触には、これまでの「町中わらふき茅葺之小屋」に土壁を塗るようにたびたび指示をだした（『江戸町触集成』一―一九二、以下『町触』と略称し、史料番号を付す〈平成六年・塙書房〉）。しかし、市中でそのことがなかなか徹底していない現状を幕府は憂慮し、「当日廿日切ニわらふき茅葺土ニ而塗可申候」とし、このことが三月二十日までに徹底されない場合には、その小屋を取り壊しのうえこれを収公するという、厳しい方針を打ちだしたのである。

また、万治四年の正月二十日の町触には、市中の「わらやかや家ぬりやの屋根、土落申候屋根ハ、早々土ニ而ぬらせ可申候」とし、それらを借家層などにまで徹底するように命じている。この背景には、「先日鍛冶橋之内火事」の際に、川向かいの町屋に「火之ほこり落申候」とし、火の粉が屋根に降ってきたというのである。このとき町人たちは、油断していたために屋根に見張りをだしていなかったことから家屋を焼失してしまった。そのため幕府は、火災が発生した場合、風下にある家屋は家持ち・借家層にいたるすべての家々の屋根に水を入れた手桶を用意し、屋根に見張人を置いて火の粉を消すように命じている。これに違反した場合は、穿鑿のうえ処罰するというものであった。この町触は、風による「火之ほこり」、すなわち火の粉が火災を拡大する危険性をはらんでいたことを示すものとして重要である（『町触』三〇七）。そして火災は火元だけでなく、「風下」の離れた地域であっても、常に警戒する必要性があったのである。

さらに寛文元年（一六六一）十月二十日には、新規の「わらふき茅ふきの小屋造り」は今後板葺とし、少しの修繕を必要とする場合には、これに土壁を塗り付けるように命じている（『町触』三二七）。そして従来の小屋には、早急に土壁を塗るように指示した。このとき「町中度々申渡候火之用心之道具之品々」は、緊急に用意することがいわれていたのである。

しかし、家屋の防火対策は何度となく繰り返しだされていたにもかかわらず、その対策は密集する町人地では十分に功を奏していなかった。

その後、延宝年間（一六七三〜八〇）に西村半兵衛が従来の平瓦や丸瓦より軽く堅牢な桟瓦を考案すると、瓦屋根は次第に普及するようになっていった。しかし、幕府が土蔵作・塗屋・瓦屋根の普請を許可したのは、享保五年（一七二〇）四月のことであり、江戸で一般の商店の家並が「塗屋蔵造り瓦葺」となったのは享保期の防火対策実施後と意外に遅かったのである（『東京百年史』一、昭和五十四年）。

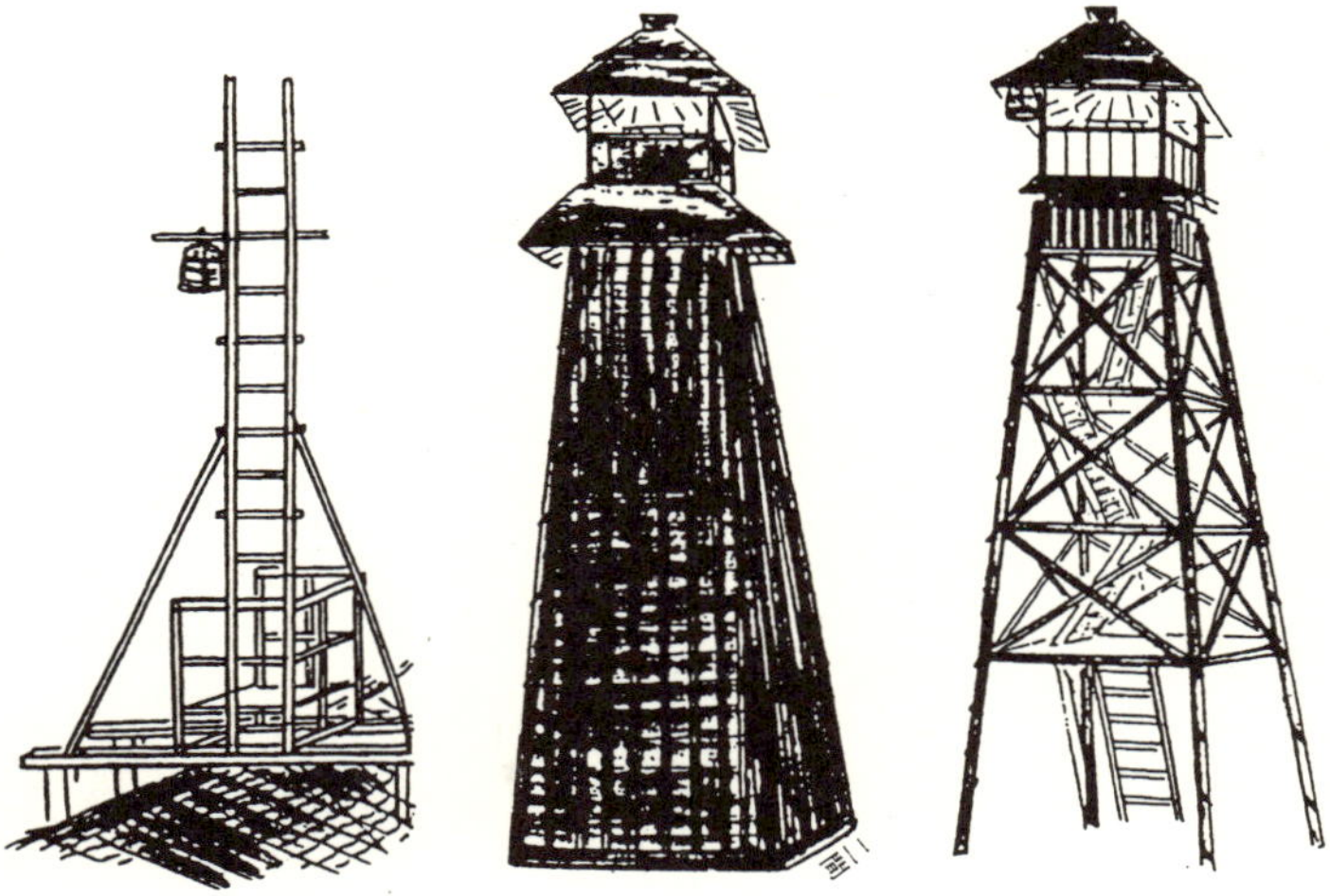

いろいろな火の見櫓（『守貞漫稿』より）

その一方で、幕府は明暦の大火以降、例えば、火除明地・火除土手・広小路は、延焼地域の拡大を防ぐための防火帯として設けている。ただ、広小路は、明暦の大火の前年の明暦二年（一六五六）に中橋広小路（中央区）に設けられ、その後おもなものは両国・永代橋西詰・新大橋西詰・浅草などにあった。また、初期消火や消火用水に用いられた水溜桶（町内の通りに水を溜めた桶をおいたもの）や、天水桶（屋根の上に桶をおき水を溜めておいたもの）は、幕府が設置基準を決めて各所に配置させている。そして火の見櫓は、享保年間（一七一六～三五）の町火消の整備によって、町々に恒常的に設けられるようになったのである。

江戸初期の火消

「火事と喧嘩は江戸の華」は、火災都市江戸を象徴した言葉である。これに対して江戸の庶民は、その「江戸の華」を遠巻きに多くの野次馬が押し寄せ、「物見高いは江戸の常」といわせたのである。ここに江戸独特の気風が生まれでている。江戸時代の消防は、延焼を防ぐための破壊消防であった。そのなかで威風堂々とした火消たちの姿は、多発する火災の恐怖とは別に、不謹慎にも江戸の庶民の心をかき立てたのかもしれない。

火消には大名火消のほか定火消と町火消があり、これを総称して「三火消」という。しかし「三火消」は、同じ時期に結成されたものではなかった。大名火消が成立するのは、寛永二十年（一六四三）のことである。それ以前は、幕府の老中が火災のつど、奉書によって召集した奉書火消であったが、これを発展的に解消して組織させたものである。その内容は、六万石以上の大名一六家に対して一万石について三〇人の人足をださせ、一六家を四組として編成して一組に一〇日ごと火の番を命じていた。この大名火消より少し前の寛永十六年（一六三九）に大名所々火消が結成されている。これは、紅葉山霊廟の防火を命じてから次第に幕府の重要な施設に配置されるようになり、三六人の大名が担当していた。おもなものには、上野寛永寺・湯島聖堂・芝増上寺・両国橋・永代橋・浅草御米蔵・本所御米蔵・本所猿江材木蔵などがあった。そのほか「方角火消」とよばれる火消もあった。

「江戸中定火之番」すなわち定火消は、明暦の大火の翌年の万治元年（一六五八）に結成された。これは、三〇〇〇石から五〇〇〇石程度の旗本が任命され、火消屋敷と役料三〇〇人扶持を給され、与力六人と同心三〇人を付属させている。はじめ四人であったが、のちに一〇隊が編成され、これを「十人火消」ともよんだ。そして実際の定火消の活動は、臥煙とよばれる火消人足が消火にあたっていたのである。

日本橋界隈の火消事情

幕府は、万治元年（一六五八）八月十八日に、市中に火消組合の結成を申し渡した（『町触』二一六）。その内容は、

①火消人足は当該地域の町の印をつけた羽織に、それぞれの町名を染め込むようにすること。

②月行事も羽織に町の印紋をつけ、火事場に赴くこと。

③火事場で使用する手桶・熊手・鳶口は、それぞれで用意すること。

④これによって近日中に町の火消組合を編成する法令を送付する。

⑤もし、それ以前に、火災が発生した場合は、すべての者が火元に駆け付けるようにすること。

⑥　ただし、町々の印羽織ができたときには、町奉行所に事前にそれを持参して承認を受けておくこと。

であった。

八月二十日には、それぞれの町に対して、町内の詳細な防火絵図を作成することを命じ、町年寄にそれを提出する町触がだされている（『町触』一二一七）。

さらに、十月二十八日になると、火消の基本原則と火事の際の町々の参集場所が具体的に打ちだされたのである。それによると、火事が発生したときにはいち早く火元に駆け付けるものとし、近所の場合は人足を集め次第、町々一人ずつでもその火元に駆け付けて消火にあたらせるように命じている。そして消火に専念した町には、後日、褒美を下賜するというものである。また、町々にある火消組合は、遠方の場合はそれぞれの分担地域に参集し、飛んでくる火の粉を払い、延焼を防ぐことが命じられた。町々の火消組合は、定火消が出動する前に早急に消火活動にあたることになっていたが、その場合はすべて町奉行所の与力の指示に従うことが前提であった（『町触』一二二四）。

火災時の町々の参集場所については、次のような指示がだされていた（『町触』一二二五）。

①　日本橋から中ノ橋までの間の町々は、もし南側から火災が発生した場合は、「中橋通」に集まり、北側の場合は「日本橋川通」に駆け付けること。

②日本橋から銀町南側の間に位置した町々では、南側で火災が発生した場合は日本橋舟町と鞘町および裏河岸通りに集まること、北側で火災が発生した場合は銀町土手に集まること。

③銀町土手から連雀町・柳原町までの間の町々では、南側で火災が発生したときは銀町土手、北側の場合は連雀町と柳原町通りに集まること。

④神田旅籠町・湯島・本郷佐久間町通り・浅草旅籠町までの間の町は、浅草橋佐久間町筋違橋通りに集まること。

⑤飯田町・市谷船河原町・糀町・四谷伝馬町・赤坂伝馬町・本赤坂の者は、火災の発生時から火元に駆け付けること。

このように日本橋周辺で発生した火災は、風向きによって、それぞれの地域が水際で延焼を防ぐように、消火活動の場所が指定されたのである。

万治三年（一六六〇）一月十二日には、さきの出火時の参集場所を令した同様の内容に続き、緊急時に即応した火消組合の体制が求められ、火災が発生した場合には素早く火元に駆け付け、与力の指示で適切な消火活動を図るものとしていた。もしも不参する町があった場合には、「穿鑿」のうえ処罰することになるので、常に注意を怠らないように命じている。そのために、それぞれの家は遵守事項を家内に掲示し、月行事は毎月町内に触をだすことで、それらの徹底を図ることが指示されたのである。

「東照宮本町触」には、この内容に続けて、町の火消組合が記されている（『町触』二七五）。

組合之事

佐竹殿前片町　龍閑町　鎌倉町
三河町同四町目迄　雉子町　四間町
新銀町　横大工町　蝋燭町
関口町　新革屋町　新石町壱町目
塗師町　立大工町　田町壱町目
同弐町目　佐柄木町　徳右衛門町
柳原六町分

右之趣被仰付候通、慥承届申候間急度相守、火事出来仕候ハ、早々火本江欠集可申候、自然遅々仕候ハ、何様之曲事ニも可被仰付候、為後日町中連判之手形差上申候、仍如件

万治三年年正月十二日

ここには、一七の町々がみられる。書き上げられた町々は、「銀町土手より連雀町柳原町迄之間」に位置した町々であり、市中全域に組織されているものではなかった。この組織のあり方からも、これらの地域が火災発生の多発地帯であったことを想定することができよう。そして万治三年（一六六〇）年一月二十九日の町触には、火事は町ごとの吟味を基本とし、もし火災が発生したときは「隣町之者共店かり之者迄欠集り火を消」すことが示され、町人以外の店借層の消火への参加を命じている（『町触』二八〇）。

寛文元年（一六六一）九月十八日の町触では、

① 市中で火災が発生した場合、「向三町左右弐町裏町三町、火本之町共ニ合九町」というように、火元を取り囲む町々が消火にあたり、片町の場合は「左右弐町裏町三町火本共ニ六町」が消火するという近隣消火体制となり、緊急時に即応する体制とした。

② 町内では、両側の木戸に三〇ずつの手桶に水を入れ、積み置くように命じた。一方、片町の場合は、その半分の数としている。そして町ごとに梯子六挺、片町の場合は三挺の梯子を配備することが付されている。

③ さらに、個々の家の規模によって手桶の数が指定され、十月晦日までにそれらを配備するように命じたのである。すなわち、間口「壱間半口より四間半口迄之」家屋には水を入れた手桶

を家の内外に三つずつを、「五間口より九間半口迄」の家屋は同様に手桶を五つずつ、「拾間口より弐拾間口迄」の家屋には一〇個ずつを、それぞれ配置することとしている。

このように幕府は明暦の大火後、江戸の市中でも火消組合や防火対策を徹底するような措置を施していったのである（『町触』三二四）。しかし、この町火消の体制は、市中の一部で共同して防火にあたる組合もあったが、いまだそれら全域に組織されたものではなく、その組織が確立するには今少しの時間を要することになる。

その後、幕府は、享保二年（一七一七）に各大名の消防組織を有効に活用するため、近隣で早期に消し止める各自火消を創設していた。これを俗に「三町火消」や「近所火消」ともいう。

享保三年、各町名主に町奉行から防火対策の諮問があり、その答申として広く町火消組合が設立された。同三年の町火消の創設によって、ようやく「三火消」が成立したのである。町火消設置令は、出火時に風上二町と風脇各二町の計六町で一町三〇人の火消人足で消火にあたること、消火の最中に定火消が来た場合は共同消火すること、火災現場で定火消との争いを禁止すること、町火消ごとの幟旗と夜は印を入れた提灯をもつことなどを義務付けていた。

その後、享保五年（一七二〇）八月、火消の組合が再編成されている。これが、隅田川以西の町を二〇町ごとにまとめ、冠にそれぞれ「いろは」四七文字の組名（のちに四八組）を付した町火消

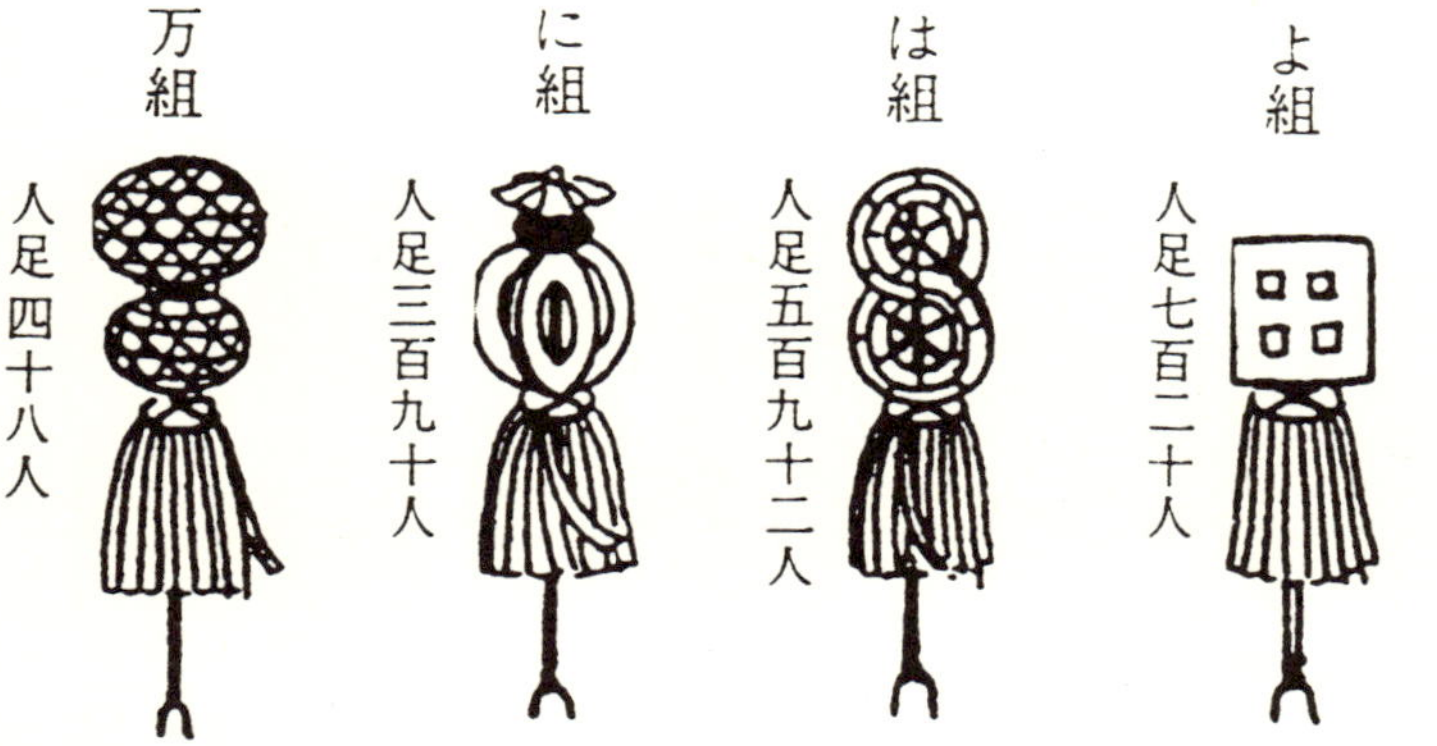

火消組合のまとい（『守貞漫稿』より）

のはじまりであった。ただし、「へ・ら・ひ」の三文字は、「百・千・万」とした。そしてこれらをさらに小組として四ないし九組としている。この再編成によって本所・深川は、別組織となり、その編成は一組から一六組までとされ、それを小組として南・北・中の三大組としていた。その後も町火消は、人足負担が三〇人から一五人に削減するなど、より合理的な組織化が図られていった。こうして元文三年（一七三八）に町火消の制度が確立したのである。

　このような水害や火災が多発する災害都市江戸に、芭蕉は下向して来ることになる。しかし、これまでみてきたように、芭蕉がいたころの江戸は、一つの災害が大きな被害をもたらすなど、いまだ災害対策が未熟な時期でもあったのである。

第三章　江戸のなかの芭蕉

芭蕉の家系と身分

ここで、しばらく江戸に下向するまでの芭蕉と、その家系について概観しておきたい。芭蕉が生まれたのは、寛永二十一年（一六四四〈十二月十六日に正保に改元〉）のことである。出生月日については、山本唯一氏は十一月八日以降十二月十日以前の日（「芭蕉と暦日」『文藝論叢』一五）とし、大磯義雄氏は八月十五日（「芭蕉研究覚書」『久曾神昇先生還暦記念研究資料集』）としているが、それを結論付けるにはいたっていない（阿部正美『新修芭蕉傳記考説　行實篇』昭和五十七年、明治書院）。

出生地については、伊賀国の上野説と柘植説があるが、現在では上野説が有力となっている。家族は柘植生まれの父与左衛門と、伊予の生まれなどとされる母、兄弟は兄半左衛門と姉一人、そして芭蕉と妹三人の六人兄弟であった。松尾家は柘植の父祖以来の無足人であったが、与左衛門が分家したことで無足人の資格を喪失したという（今栄蔵『芭蕉伝記の諸問題』平成四年、新典社）。ここでいう無足人とは、通常の郷士のことである。

郷士とは、「農村に居住し武士的身分を与えられた者の総称をいい、地域により存在形態や呼称は多様」であった。その性格は、

①城下士とは明確に区別され、在郷していること。

②その所持地の全部または一部を「知行」として与えられ、生活の基礎をそれに置くこと。

③家臣団の身分階層性のなかに「郷士」（名称は各様）として正確に位置づけられていること。

④軍役を負担すること（ただし負担しない場合もあり）。

とあり、これらを戦国以来の「旧族郷士」と規定している（『国史大辞典』五、昭和六十年、吉川

芭蕉肖像（『俳諧百一集』）

弘文館)。

つまり、与左衛門は「旧族郷士」の家に生まれ育ったことになるが、嫡男でなかったために分家し、その時点で無足人＝郷士の家格が失われ、一農民身分になったといえる。しかし、近世初期の農民は、「百姓のなかから商人・職人などが城下町などの都市に集住させられ町人身分」になった者と、「在郷の田畑を所持する人々は、その土地を検地帳に登録され、百姓身分とされた」者があり、与左衛門は上野城下に移ることで「町人的身分」となることを選択したのである。これによって分家した与左衛門は、上野城の東に位置した赤坂町に住むことになった。この赤坂町について今栄蔵氏は、延宝年間（一六七三〜八〇）の「上野城下絵図」によって、与左衛門が住した地域が「農人」と記されていることを発見され、これをもとに彼の身分が農民であったことを指摘している（『芭蕉伝記の諸問題』平成四年、新典社）。この「農人」町とは、都市にみられる「百姓町屋」と同義であろう。

通常、町屋は城下町や宿場町および港町などで、軒を接して並ぶ商人・職人など町人の住居のことである。そのため、多くの家屋は道に面して立ち並ぶ町並み空間を構成することになり、間口の狭い奥行の深い敷地となっていた。また、隣と接するように建てられていることから、奥を畑や空き地としていたのである。つまり、城下町上野の「農人」町は、農民の家屋が軒を接して立ち並ぶ居住地域＝町並み空間の一つであったと理解することができる。一般に、村内にあった農民のなかにも「漁民・職人など種々の職業を本業とする人々を含んでいた」といわれ、一概に農業だけに従事していた者だけではなかったのである（『日本史広辞典』平成九年、山川出版社）。

与左衛門の場合は、商人や職人などの技術を習得していたわけではなく、柘植で「旧族郷士」の家柄であったものの、分家して一農民として自立したにすぎない新規の家系であった。そのため上野にあった彼の耕作地は、町屋の屋敷に付属する程度の土地を所持しているにすぎなかったと思われる。

このことは、後述する長男の半左衛門や芭蕉自身が武家奉公人であったとすることからも、与左衛門家がそれだけ農業を専業とする家系にはなかったことを裏付けるものである。本来、農民として耕作だけで生計を維持できるものであれば、なにも兄弟を武家奉公にだす必要性はないはずである。ことに、父の与左衛門が亡くなって以降も、家を相続したはずの半左衛門が武家奉公を続け、さらに芭蕉も武家奉公として出仕しているということは、さほど男手がなくても耕作に支障のない程度の土地の広さであったと考えるのが妥当であろう。また、農民身分といっても、農業だけに従事するということではなく、ここに城下町としての「町並地」の特徴がある。与左衛門は、身分として「農人」町に集住させられたということであり、城下町上野の「町並農民」＝町人として新たな生活をここで獲得していったものと考えられるのである。ところが与左衛門は、明暦二年（一六五六）二月十八日に四十代前半の若さで没したとされている。芭蕉、十三歳のときであった。

武家奉公人としての芭蕉

長男の半左衛門は、低い身分で藤堂内匠家、のちに藤堂修理家に出仕したとの説や、手蹟師範であったとの説もあるが、これがいつごろのことであったかは明らかではない。ただ、天和二年（一六八二）十二月に内匠家が修理家と交替して上野から津に移った事実があり、半左衛門は内匠家から修理家にいたる、意外に長い期間武家奉公をしていたものとみられる。

武家奉公人には、

① 譜代の奉公人、ないし金銭授受を伴わない身分契約による一身永代の奉公人

② 永代または年季ぎめの人身売買による奉公人

③ きわめて短期の雇用契約による奉公人

の三つのタイプがあった（『国史大辞典』一二、平成三年、吉川弘文館）。このうち②は、元和二年（一六一六）に永代または三年を越える人身売買が禁止された。寛永二年（一六二五）には、この年季が一〇年に引き上げられ、元禄十一年（一六九八）には年季制限を解除した。勾引売や商売上

武家奉公の図（『芭蕉翁絵詞伝』）

の人身売買は別として、それ以外の永代の人身売買は許容されるにいたった。このため農民でかつ代々武家の奉公なる者もあった。①は、政策上、一貫して容認されたが、大都市では①と②のタイプは十七世紀後期になると、③タイプが大勢を占めるようになり、これを「出替奉公人」といっている。なお、③は遊民的奉公人を生みだす弊害から、当初は原則的に禁止していた。半左衛門の場合は、父与左衛門が経済的にあまり裕福であったとは思われず、そのため②タイプの年季ぎめによる武家奉公人であったとみられる。

芭蕉も半左衛門と同様に武家奉公したとされるが、その年齢には「承応年中（九～十一歳、支考説）、幼弱の頃（竹人説）、明暦年中（十二～十四歳、蝶夢説）、寛文年中（冬李説）、寛文二年（竹二坊説）」などの諸説がある。最近では、芭蕉が十九歳の寛文二年（一六六二）とする説が一般的となっているが、私はその時期よりも早い、父与左衛門が没した明暦二～三年（一六五六～五七）ごろの、十三ないし十四歳からではないかと思われる。その背景には、家族の経済状態が想定される。半左衛門が武家奉公に出た時期は明らかでないが、それまでは父の仕事と長男の武家奉公によって、家族の生計を維持していたものと考えられ、それが一家の大黒柱を亡くしたことから半左衛門のほか、新たに芭蕉を武家奉公にだすことで、残された家族のささやかな生活の一助としたのであろう。そして、この場合の芭蕉の武家奉公は兄と同様の②タイプ、すなわち年季奉公であったと思われる。

　こうして芭蕉は藤堂新七郎家に仕えるようになった。芭蕉の藤堂家での職務は、これまで台所用人（曰人『芭蕉翁系譜』）や料理人（二代目市川団十郎日記『老の楽』）との説があるが、概して小者・中間クラスの雑役程度の内容であったと考えられる。ここで藤堂家の嫡男良忠（俳号を蟬吟）と出会い、俳諧を志すようになった。そして、良忠が寛文六年（一六六六）に二十五歳で没したことで芭蕉は藤堂家を辞したとされている。しかし、芭蕉が十三ないし十四歳で武家奉公に出たとすると、このころが十年の年季明けということになるのである。

　年季の明けた芭蕉は、すでに二十三歳になっていた。芭蕉は兄がいる以上、家の相続権がなく、次男の芭蕉が家に留まることは無理であった。しかし、当時の半左衛門の家は、芭蕉を分家させるだけの経済力がなかったものとみられ、しばらくは兄の家に厄介になっていたのであろう。そして芭蕉は、新七郎家の武家奉公時代に影響を受けた俳諧を強く志すようになったのである。このとき芭蕉に影響を与えたのが亡くなった蟬吟とされ、貞門の北村季吟との出会いであった。こうして芭蕉は寛文十二年（一六七二）二十九歳で、自撰の三十番発句合『貝おほひ』を上野の菅原社に奉納し、これを携えていよいよ江戸に下向することになる。

江戸下向後の芭蕉の住居

芭蕉が江戸に下向したのは、寛文十二年春のことであった。当時の江戸にあって芭蕉は、どこに住み、どのような生活の境遇にあったのであろう。

延宝八年（一六八〇）七月と推定される下里知足筆「四ツ替リ」百韻草稿に付記する俳諧師住所録中には「小田原町　小沢太郎兵衛店　松尾桃青」と記されている。これによると、芭蕉は延宝八年当時、日本橋小田原町の小沢太郎兵衛（俳号を卜尺）の貸家にいたことになる。

この史料を紹介された森川昭氏は、「大柿鳴海桑名名古屋四ツ替リ─千代倉家代々資料考（二）─」（『連歌俳諧研究』四六、昭和四十九年）のなかで、「延宝三・四・五のいずれにか小沢太郎兵衛店に移り、延宝八年冬深川入庵まで居住したということになる」と指摘する。その後、今栄蔵氏は、この史料をもとに芭蕉がここに住み始めたのを「延宝五年ごろか」とし、時期の一層の絞り込みを図っているのである（『芭蕉年譜大成』角川書店、平成六年）。

では、それ以前の芭蕉は、江戸のどこに住んでいたのであろうか。楠元六男氏の整理をもとにすると、

①　服部土芳の『芭蕉翁全伝』には、小田原町。

＊土芳……明暦三年（一六五七）～享保十五年（一七三〇）。服部氏。伊賀藤堂藩士であった

が、のち隠棲。芭蕉に心酔し、師の死後は芭蕉の作品や考え方を伝える資料を残す。『蕉翁句集』『三冊子』。

② 菊岡沾涼の『綾錦』と高橋梨一の『芭蕉翁伝』には、卜尺方。

＊沾涼……延宝八年（一六八〇）～延享四年（一七四七）。菊岡氏。伊賀上野の人。後、江戸に住して、俳諧師として活躍。考証家としても有名。

＊梨一……正徳四年（一七一四）～天明三年（一七八三）。高橋氏（一紹とも）。柳居系俳人で『おくのほそ道』や芭蕉俳句の考証をよくした。

＊卜尺……?～元禄八年（一六九五）。小沢氏。日本橋大舟町の名主。談林俳人であるが、延宝期には、芭蕉の生活の世話もした。

③ 梅人の『桃青伝』には向井卜宅に伴われ、小田原町杉風方。その後、本郷・浜町・本所高橋等を転々とした。

＊梅人……延享元年（一七四四）～享和元年（一八〇一）。平山氏。杉風の採茶庵の号を継ぎ、杉山家所蔵の芭蕉資料を世に紹介したことで有名。

＊卜宅……承応三年（一六五四）～寛延元年（一七四八）。向井氏。伊勢の久居藩に仕えて江戸在住。

日本橋《にほんばし》
魚市《うをいち》

日本橋魚市（『江戸名所図会』）

＊杉風……正保四年（一六四七）～享保十七年（一七三二）。杉山氏。幕府御用の魚問屋で鯉屋を称した。芭蕉の生涯を支援。

④去留の『芭蕉翁全集』には、仙風（仙風と杉風は親子）方。

＊去留……宝暦十二年（一七六二）～文政十年（一八二七）。渡辺氏。駿河の人。芭蕉研究に精進した人。『芭蕉翁全集』は編年体の書。

⑤栢舟の『俳諧六指』には、四日市場の踏皮屋（たびや）某方。

＊栢舟……宝永元年（一七〇四）～?。布川氏。馬光門俳人。杉風の後裔と親交を結び、それらの資料を筆写した人。

などの諸説があるとしている。このことから楠元氏は、芭蕉が「本小田原町（小田原町のこと）」「日本橋大舟町」「四日市場」のいずれかに住み、確定することはできないものの、当初は「日本橋界隈から生活をスタートさせた」のではないか、としているのである（『芭蕉と門人―NHKライブラリー―』平成九年、日本放送出版協会）。その後、延宝四年（一六七六）に芭蕉が甥の桃印を伴って江戸に下向してきており、遅くとも延宝四年までには小田原町や大船町付近の貸家に居住していたする見方が妥当であろう。

①～⑤の史料のうち田中善信氏は、③の『桃青伝』そのものを偽書とみなしている（講談社選

現在の桃青寺（墨田区東駒形）

書メチエ『芭蕉=二つの顔』講談社、平成十年）が、「本郷・浜町・本所高橋等を転々とした」という説も、それ以前の芭蕉の足跡を知る手がかりとして、みのがすことのできない記述である。

本所の「芭蕉山桃青寺」

文政十二年（一八二九）に成立したとされる幕府官撰の江戸地誌が『御府内備考』である。これは、正編一四五巻と続編一四七巻および付録一巻からなる。このうち、続編が江戸の社寺の記録をまとめたものであり、これを『御府内神社備考』ともよんでいる（昭和六十一年、名著出版）。このなかに臨済宗京都妙心寺末寺の「白牛山東盛寺」という寺院の記録がある。当時の「東盛寺」は、今、墨田区東駒形三丁目に「芭蕉山　桃青寺」として現存している。ここで、少し当寺についてみてみることにしたい。

「東盛寺」の起立は寛永三年（一六二六）とされ、当時は定林院と号していた。しかし定林院は、すぐそばに「定林庵」という庵室があったために間違えられることが多く、延享二年（一七四五）九月に寺社奉行の大岡忠相に対して「桃青寺」と改号することを申し出たのである。寺号を「桃青寺」とした背景には、かつて芭蕉が黙宗和尚（貞享五年〈一六八八〉九月月寂）に随従して数年間、ここに「宰宿」させてもらったことで、のちにそれが芭蕉の「隠棲之地」といわれるようになったというのである。その後、芭蕉は黙宗和尚から常陸国鹿島の根本寺の住職仏頂に随従したとされている。

ところで仏頂和尚は、芭蕉にとって「参禅の師」と

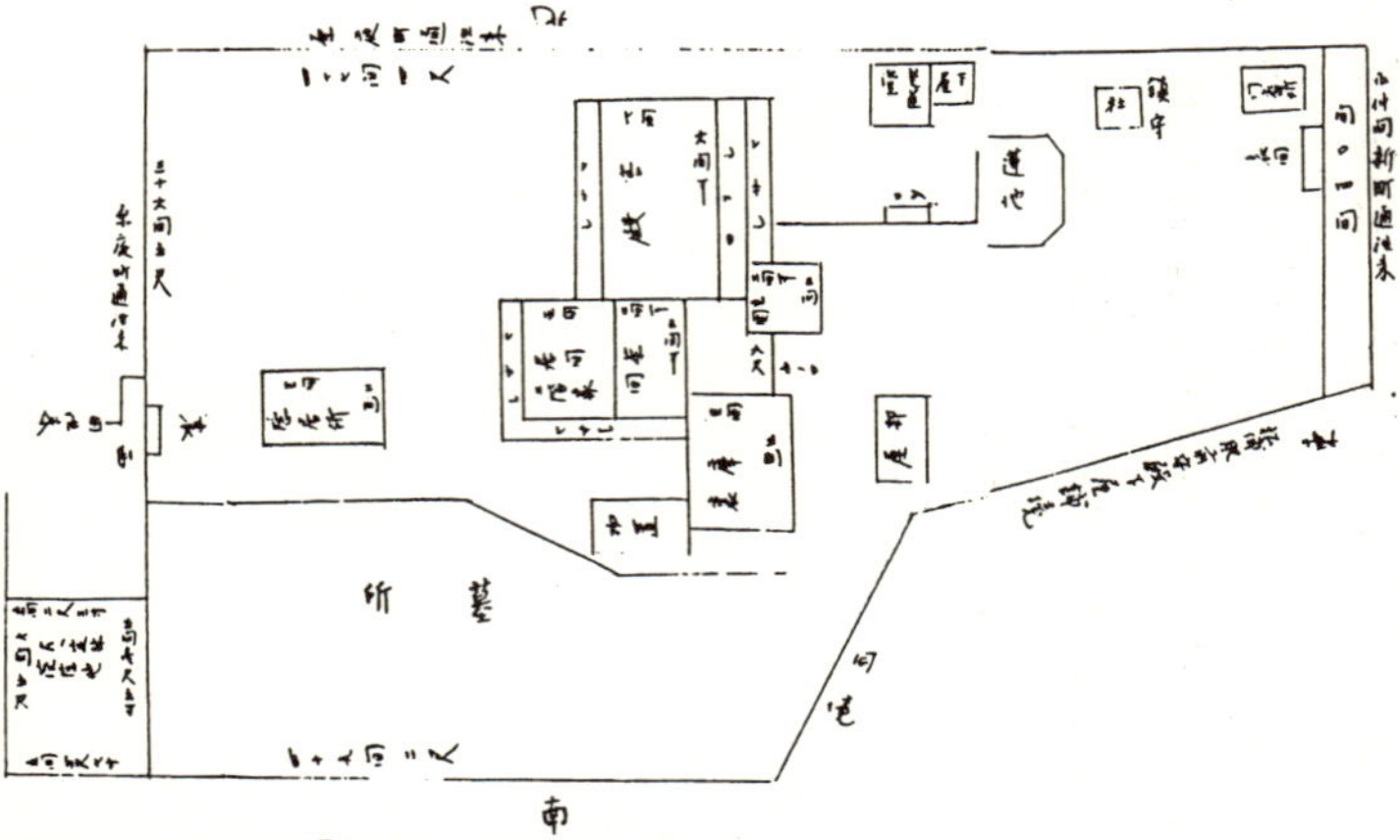

桃青寺境内図（『御府内神社備考』）

もいわれた人物である。彼は、延宝二年（一六七四）から根本寺と鹿島神宮との領地の訴訟問題解決のために、寺社奉行所をたびたび訪れているが、このとき臨川庵（現・臨川寺、江東区清澄三丁目）に寄宿し、天和二年（一六八二）の勝訴後もここに閑居していた。仏頂和尚と芭蕉との交流は、芭蕉が延宝八年（一六八〇）に深川に移り住んで間もなくのころとみられ、桃青寺の内容は延宝八年以前の出来事であったということになる。

話を戻そう。延享二年（一七四五）に定林院から桃青寺に改めた当時の住職は、芭蕉を「深く信し、かの法号桃青なれハ、是を寺号となし中興開基」したものであった。そのため、この改名は「わたくしの所為」であったことを理由に、同派内の寺院から反対に会い、これが「法中差支」となり、宝暦二年（一七五二）六月に「桃青寺」を「東盛寺」に改めたというのである。明治四十三年（一九一〇）の桃青寺所蔵の『寺籍調査表』の「由緒書」には、その後の経緯について、明治二十五年（一八九二）六月に東京府庁の認可を得て今の「芭蕉山桃青寺ニ復称」したことが記されている。

桃青寺の境内には六尺四方の芭蕉堂があり、『御府内神社備考』には左記のような、

芭蕉堂　六尺四方

芭蕉翁　厨司入木像八寸五分印
　観子破笠翁七十九歳作
西行法師　厨子入木像
　長八寸五分
葛飾蕉門歴四祖　素堂翁　馬光翁　素丸翁　野逸翁　各厨子入木像
　長八寸五分

などの木像が安置されていたのである。このうち山口素堂以下の葛飾蕉門の木像は、ここが葛飾派の俳諧活動の拠点であったことに由来している。葛飾派は芭蕉の足跡をもとに、芭蕉との由緒を正当化し、桃青寺を「蕉門の聖地」としたのであろう。なお、当派の俳諧活動については、拙稿「近世中後期俳壇の諸相―葛飾派の実態と身分的秩序の変容について―」（村上直編『幕藩制社会の地域展開』平成八年、雄山閣）を参照されたい。

このように芭蕉と桃青寺とのかかわりは、江戸下向後の早い時期であったと思われるが、詳細は不明である。しかし、芭蕉が『桃青伝』にあった「本郷・浜町・本所高橋等を転々とした」という説は、その「本所」説の一端を裏付けるものであった。

「小沢太郎兵衛店」の芭蕉

延宝八年（一六八〇）の史料に芭蕉が小田原町の「小沢太郎兵衛店」に居住していたことは、当時の江戸の社会の中で、どのような歴史的事実を示しているのであろう。ここでは、この「小沢太郎兵衛店　松尾桃青」というキーワードから、その存在形態を探り、一般的な歴史事象のなかで芭蕉のおかれていた身分的な立場を考えてみたい。なお、ここでいう「店（たな）」とは、店借または店子のことである。

江戸時代は、「士農工商」という身分制社会である。このうち都市に居住する商人と職人（手工業者）を総称して町人とよんでいた。一般的に町共同体の構成員は、この町人身分に限定されており、町屋敷地を所持した家持（いえもち）層が国役や公役を負担することで町政に参画する権限を有していたのである。このため、非地主層の地借・店借は、市民権を持たず、封建的な義務も負う必要がなかったとされている。

ここでは、『国史大辞典』（吉川弘文館）や『日本史広辞典』（山川出版社）をもとに、地借と店借について、詳しくみてみよう。地借・店借層の町内での制約は、

①　往来時には身元保証人を必要とした。

②　土地や家を借用するためには、保証人が必要であった。

③　町に居住しても公役を負担する義務はなかったが、自治体としての町の行政には参画できなかった。

④　公式の文書では、「何町何丁目何兵衛地借某」とか、「何町何丁目何兵衛店借某」のように記載された。

⑤　公事訴訟や請願などの場合、家持町人は五人組・名主・町年寄の奥印があればよかったが、店借の場合は先に家守の印が必要とされた。

このように地借・店借層は、法的には家持層（町人）よりも一段低い立場にあった。しかし江戸の町方の人口は、地借・店借層が約七割を占め、その大半は店借であったとされている。江戸の店借層の特徴は、①移動率が高いこと、②他国出生者が多いこと、③地借層に比較して、店借層は貧困層とみなされる傾向にあること、などであった。

この店借層の住居空間は、裏店に集住していたとされる。裏店は、表店のうしろ側の地面に建てられた家屋のことである。標準的な江戸の表店は、大通りに囲まれた方六〇間の区画を単位に、通りから奥行二〇間の地を地割りして町屋を建てている。このため四方を表店に囲まれた方二〇間の空き地が残されることになった。十七世紀中葉以降、この空き地に人家が建てられるようになり、通りから細い路地が通じていた。ここが裏店であり、この裏店に多く住んでいたのが店借層であっ

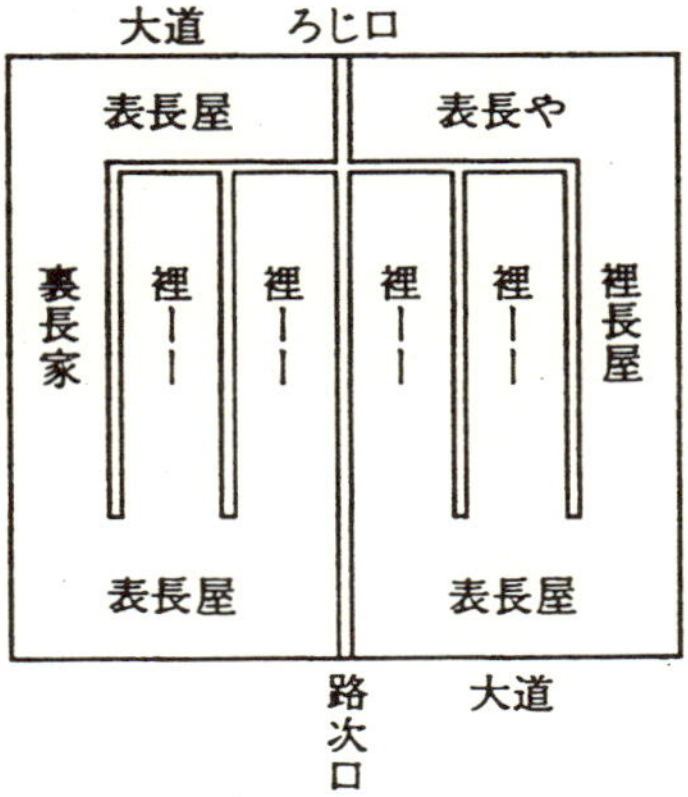

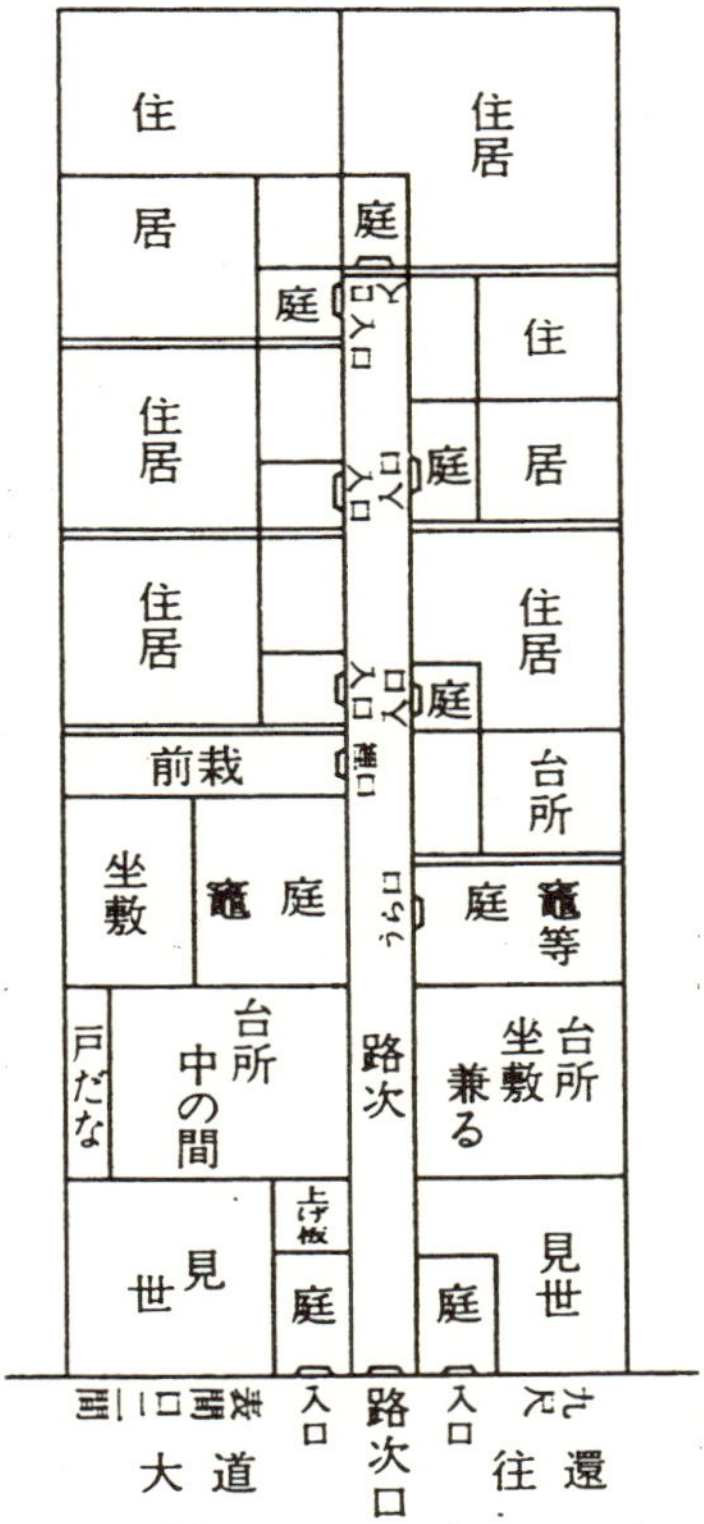

裏店の図（本図は『守貞漫稿』）

た。建物は、中二階造りや平屋の長屋が一般的とされ、いわゆる九尺二間の棟割り長屋と称されるものであった。表店は主に店舗用の家屋であったのに対して、裏店は通いの商店員・職人・遊芸人から振売りや日雇い稼ぎなど、都市の中・下層民の居住地とされていたのである。

江戸の多くの住民が店借層によって占められていたことは、江戸にいたころの芭蕉に重ね合わせると、さきに示した「小田原町　小沢太郎兵衛店　松尾桃青」という住所から芭蕉は店借層で、それも裏店の住人として、とくに際立った経済状態にはなかったと考えられるのである。そのことは、芭蕉のみならず、当時の多くの店借層（都市の中・下層の人々）がひしめきあって零細な経済活動を展開していたことからも明らかであり、商店員・職人・遊芸人・振売り・日雇い稼ぎなどの生活の場が江戸で確保されていたことを示しているといってよい。

さらに江戸下向後の芭蕉の市中での動静を拾ってみても、さきの本郷や本所などを転々としていたという説もあり、その行動は江戸の店借層の「移動率」が高かったという傾向にも一致しているのである。

正式の町人身分でなかった芭蕉にとって、江戸に下向するためには「身元保証人」が必要であった。安永七年（一七七八）に刊行された高橋梨一の『奥細道菅菰抄』の「芭蕉翁伝」には、次のようにある。

梨一かつて東武にあそぶ間、本船町（現、中央区日本橋一丁目と日本橋室町一丁目の昭和通りの両側）のうち、八軒町といふ処の長卜尺と云俳士に交る事あり、彼者語りけるは、我父も、卜尺を俳名として、其比は世にしる人もありき。一とせ都へのぼりし時に、芭蕉翁に出会て東武へ伴ひ下り、しばしがほどのたつきにと、縁を求て水方の官吏とせしに、風人の習ひ、俗事にうとく、其任に勝へざる故に、やがて職をすて、、深川といふ所に隠れ、俳諧をもて世の業となし申されしと、父が物語を聞ぬと。〈此時延宝六年にて、年二十三と云〉あるひは一説に本船町の長序令といふ者にさそはれて下り給ふとも云。卜尺序令、ともに古き俳集に見えたり。或は両名同人か。

梨一が、かつて江戸に来ていたときに、本船町のうち八軒町の名主の卜尺という俳人に出会った。このとき、その卜尺が語ったところによると、自分の父親も俳号を卜尺といい、世に知られた俳人であったというのである。父の卜尺が京都に上ったときに、芭蕉に出会い、江戸に伴った。のちにその縁で芭蕉を「水方の官吏」にした、という話を聞いたことがあったというのである。この会話を記録する一方で、梨一は江戸に芭蕉を伴った人物が本船町の名主「序令」であったということも記している。すなわち、芭蕉との関係で梨一は、本船町の卜尺や序令という人物に注目しているのである。

これに対して梅人の『桃青伝』には、伊勢の久居藩の藩士であった向井八太夫（俳号を卜宅）に伴われ、その紹介で小田原町の杉風を知ったともいわれている。

この二つの説のうち、芭蕉が誰に付き添われようとも町名主の小沢太郎兵衛（卜尺）のような人物（町政参画のできる町人身分）が身元保証人として必要であった。このことから判断すると、江戸に下向した芭蕉には、小沢卜尺の存在が極めて重要な役割を果たしていたことになる。すなわち、卜尺が身元保証人となることで、芭蕉は市中での生活空間が保障され、俳人としての活動を可能にしたといってよい。そしてこの地歩を固めることで、庇護者の杉風などとの関係を次第に広げていったと考えれらるのである。

そのかかわりを図式すると、左記のような相関的関係にあった。

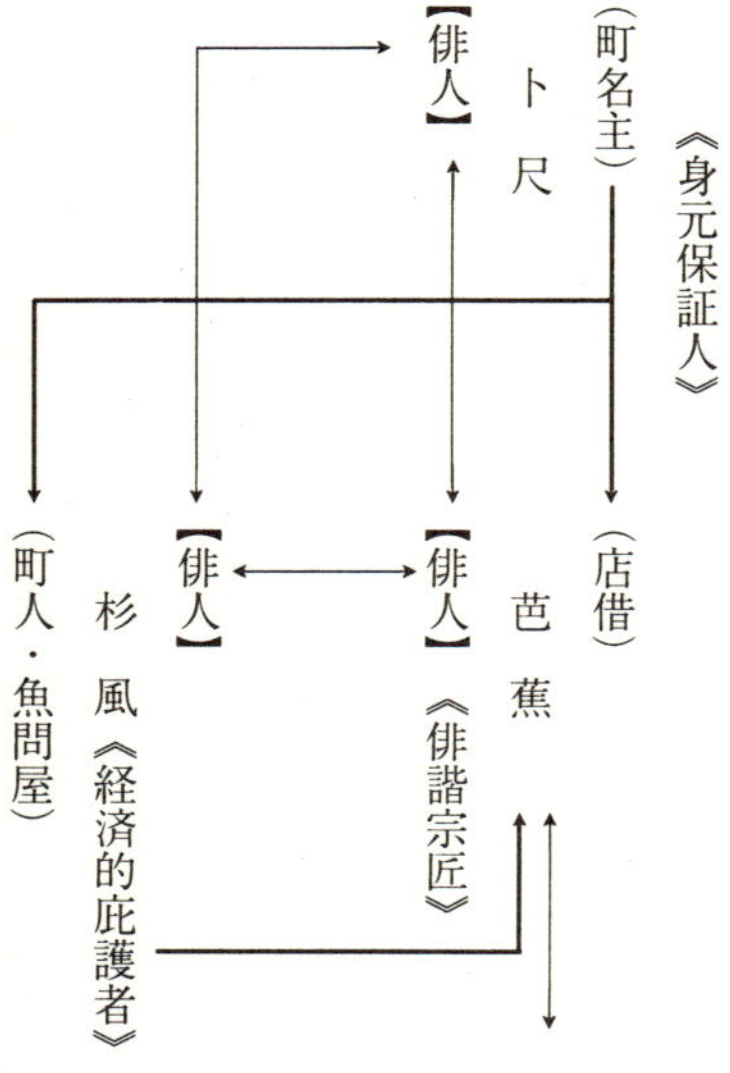

《江戸の俳諧空間の形成》

小沢太郎兵衛の「卜尺」という俳号

芭蕉が生活の支えとして従事した職には、これまで生活の一助としての医業に従事したとか、高野幽山の連歌・俳諧の会席の執筆を務めていたとか、小沢卜尺の帳役の手伝いをしていたなどとする、諸説が取り沙汰されている。このなかにも卜尺という名が、日本橋時代の芭蕉のもとで、たびたび登場してくる。

卜尺という人物について、享保十七年（一七三二）に刊行された沾涼の『綾錦』（俳諧系譜）には、

　芭蕉翁東都におゐて始て履をとかれしは古卜尺のやどり也

とあり、江戸下向を果たした芭蕉が草鞋を脱いだのが、この卜尺の父のときであったと説明している。

卜尺と芭蕉とのかかわりで、面白い逸話が残されている。天保三年（一八三二）に刊行された『続俳家奇人談』（『俳家奇人談・続俳家奇人談』岩波文庫、昭和六十三年二刷、岩波書店）の一節に、次のようにある。

小沢卜尺

小沢氏は江戸小鮒町の人、吟叟よりをしへを受けて孤吟といひしも、いづれの年にや、蕉翁をわが屋に迎へてより、これを後の師と尊ぶ。一日師に名を改めん事をこふ。ただちに卜尺と名けやる。これ、小沢の草字を省略せられたる、いとをもしろし。（以下、省略）

この『続俳家奇人談』によると、卜尺は江戸小鮒町（小舟町・現中央区日本橋小舟町一～二丁目）の住人で、北村季吟の俳諧の指導を受けて孤吟と号していた。いつからか芭蕉を我が家に迎え入れたことで、彼を俳諧の師と仰ぐようになった。ある日、俳号を改めようと、芭蕉に願い出たところ、芭蕉は即座に「卜尺」と名付けたというのである。すなわち、この「卜尺」という俳号の由来は、「小沢」の草書の左部分を省略したものであったという、いかにも芭蕉らしく機知に富んだものである。ただ、この文章では、小沢氏の所在を小舟町とした誤解や脚色はあるものの、卜尺と芭蕉との強い結びつきを示した逸話として興味深い。卜尺は、江戸にいる芭蕉にとって、深いかかわりをもつ人物であった。

神田上水浚渫工事請負人説

延宝五年（一六七七）から延宝八年（一六八〇）までの四年間、芭蕉は神田上水の水道工事に従事したとする説がある。田中善信氏は、日本橋時代の芭蕉について、この内容から新説を発表されている（講談社選書メチエ『芭蕉＝二つの顔』平成一〇年・講談社）。その要旨は、次のとおりである。

①　喜多村信節によると芭蕉は、名主小沢太郎兵衛のもとで「日記」などを書いていたといい、遠藤曰人は小沢家で「帳役のやうなる事」を手伝っていたといい、小沢家での芭蕉の立場は太郎兵衛が「抱え置」いた「物書き候者」としており、このことから田中氏は芭蕉を元禄時代の町代（名主業務の代行者）とみなしている。

②　芭蕉は、神田上水の浚渫工事にかかわっていた。このかかわり方を田中氏は延宝八年（一六八〇）の町触と、続く天和二年（一六八二）の六左衛門なる人物が出てくる町触が内容として同様であることに注目され、六左衛門家の業務から芭蕉の役割を割りだそうとした。その結果、六左衛門家は、天和二年から享保十四年（一七二九）まで神田上水浚渫工事の請負人であり、このことから芭蕉も浚渫工事の請負人であったと断定し、芭蕉がその浚渫工事の請負人の最初の人物であったとする。そして神田上水の浚渫工事の請負制は、芭蕉から始まったと指摘しているのである。

③ このことをもとに田中氏は、芭蕉を町代とし、さらに浚渫工事の請負人であったとすることで、芭蕉が人並み以上の処世の才に恵まれていたと結論付けている。

④ そして甥の桃印を江戸につれてきたのは生活の安定と多忙により、自分の手助けをしてくれる者が必要であったからだという。

田中説は、これまでの深層の芭蕉像をえぐりだしたことで、魅力的である。この説は、芭蕉を町代→神田上水の浚渫工事の請負人→処世の才に勝れた人物、というシェーマが想定されており、芭蕉を理解するうえで、従来の説よりも数段ふみこんだ内容となっている。しかし、田中氏のいう、芭蕉が町代であり、神田上水の浚渫工事の請負人であったということについて、改めて検討を加えておく必要があるように思われる。

「町代」の理解をめぐって

私は、さきに芭蕉が店借層で、それも裏店の住人として、とくに際立った経済状態にあったとは考えられないと指摘した。このことからすると、芭蕉が、まず「町代」であったという田中氏の理解の仕方について、ここで掘り下げてみることにしたい。

町代とは、「町用人」「町抱」「町代」という歴史用語としての相関関係にある。

①町用人……近世京都で町に雇用され、その用務に従事した専業者、江戸・大坂では町代とも。町用人は、町ごとに作成される宗門人別改帳の末尾に記載されるなど町内の序列では最も下位に位置づけられており、人格的にも町に支配される町抱とよばれる存在であった。

②町抱……江戸時代に町で雇った人足などの使用人。大坂では髪結に町抱があり、町内の人々の髪を結うことを条件に抱えられており、橋詰などで営業する床持と区別されていた。（略）江戸では、町内で給金を支払って雇った鳶人足や櫓番などを町抱と呼んでいる。広い意味では、町代（ちょうだい）・書役なども町抱と考えることができる。

③町代……近世、江戸・大坂・京都・奈良・堺などの町々の事務を扱った有給の事務員。江戸では名主を補佐し、一人で二、三町から四、五町ほどを兼務していたが、のちに一町に一人宛おかれるようになったという。町々では諸入用の割方や諸用の大部分を町代にまかせるようになり、また名主の代理を勤めることもあった。しかし町触の伝達などを名主に相談せずに処理するなど、とかく不行届のことが多くなり、さらに多額の給金で町の負担が大きくなったこと、家守たちの便宜ばかり

をはかって家持のためにならないなど等々の理由で、享保六年（一七二一）九月に廃止令が出された。（以下、略）

町代という用語は、江戸では名主を補佐する町々の事務を扱った有給の事務員とされるが、人格的には町に雇用・支配された使用人のことであり、町内の序列は下位に位置付けられた町抱とみなすことができる。さきに、芭蕉が名主小沢太郎兵衛のもとで「日記」などを書いていたといい、遠藤曰人は小沢家で「帳役のやうなる事」を手伝っていたといい、小沢家での芭蕉の立場は太郎兵衛が「抱え置」いた「物書き候者」＝「書役」は、広義の町抱とすることができる。そのため、町人身分にない店借層の芭蕉にとっては、ある程度の給金を得ていたが、恣意的に名主の代理として権限を発揮できる立場にはなかったといってよい。田中説が芭蕉を「町代」（町抱）とみなしたことは、当時の芭蕉の立場や境遇を知る重要な指摘である。

しかし田中氏の問題点は、旧来から町代が多分の給金を得て、名主の代理者として身勝手極まりない行為を繰り返してきた、という享保六年（一七二一）の町代廃止令を引用されていることである。この事実を、あえて日本橋時代＝延宝八年（一六八〇）以前の芭蕉に重ねあわせる論法は、やや飛躍しすぎた結論ではなかろうか。

芭蕉の水道工事従事を示す二つの「触書」

次に田中氏のいう、芭蕉が神田上水の浚渫工事の請負人であったとする指摘について検討してみよう。まず、芭蕉が「神田上水の改修工事に携わった」とする根拠を左記に示しておく。

①　覚（東照宮本）

一明後十三日神田上水道水上惣払有之候間、致相対候町々ハ桃青方へ急度可被申渡候、桃青相対無之町々之月行事、明十二日早天ニ杭木・かけや水上迄致持参、丁場請取可被申候、勿論十三日中ハ水きれ申候間、水道取候町々ハ左様ニ相心得可被相触候、若雨降候ハヽ、惣払相延候間、左様ニ相心得可被申候、以上

六月十一日

町年寄三人

【『町触』一六八六】

②　覚（東照宮本）

一明廿三日神田上水道水上惣払有之候間、桃青と相対いたし候町々ハ急度可申渡候、相対無之

町々ハ人足道具為持、明早天水上江罷出可被申候、勿論明日中水切候間、町中不残可被相触候、少も油断有間敷候、已上

六月廿二日

町年寄三人

【『町触』一六八九】

この二つの史料は、幕末期の喜多村信節の『筠庭雑録（いんていざつろく）』の中でも引用され、古くから芭蕉の研究者によって知られていたものである。

芭蕉が水道工事にかかわったとする説は、早くは許六が宝永三年（一七〇六）に編集した『本朝文選』に、

嘗て世に功を遺さんがため、武の小石川の水道を修め、四年にして成る。速やかに功を捨てて深川芭蕉庵に入りて出家す。歳三十七。（原文漢文）

とある。許六は森川氏を姓とし、彦根藩士として元禄五年（一六九二）の出府を機会に芭蕉に入門

している。その一方で許六は画技に優れ、芭蕉が絵画の師と仰いだ人物でもあった。

許六の『本朝文選』の一節によると、芭蕉は三十七歳（延宝八年）で深川に移り住み、それ以前の四年間（延宝五年～同八年）小石川の水道関係の職に従事していたとされる。この「小石川の水道を修め」たとする記述は、さきの二つの町触とも符号しているのである。二つの町触は、①の六月十一日ものが明後日の十三日に神田上水の上流域で「惣払」を実施することから、町々でその分担箇所を事前に話し合い、その結果を桃青（芭蕉）宅まで必ず報告しておくように。桃青に報告していない町々の月行事は、あす十二日早朝に杭木や掛矢を水上に持参して、担当区間の割り当てを受けるように。もちろん、十三日中は断水とするので、月行事は町々にそのことを事前に触をだしておくこと。雨天の場合は、延期するというものであった。

②の町触は、十三日が雨によって延期されたことから、二十二日に再度、触れだされたものである。その内容は、あす二十三日に神田上水の上流域で「惣払」を実施する。分担箇所を合意できている町々は桃青宅に申し出ておくように。町々で合意できなかった場合は、人足に道具を持たせて、あす早朝に水上に集合すること。もちろん、二十二日中は断水するので、月行事は町々にそのことを事前に触をだしておくこと、のようである。

この町触は、今『江戸町触集成』（塙書房）の延宝八年（一六八〇）六月十一日と二十二日の条に、それぞれ収録されている。

田中説の理解について

田中善信氏は、さきの二つの史料をもとに大胆な説を展開しておられる。そして『江戸町触集成』をもとに、これまであまり検討されることのなかった①「神田上水道水上総払い」、②「相対いたし候町々」、③「桃青相対これ無き町々」の問題について、詳細な検討を加えている。

まず田中氏は、「総払い」とはその後「総浚い」「白堀浚い」というように、文言が変わっており、「総払い」とは樋（水道管）のない開渠部分が白堀のことであり、芭蕉が神田上水でかかわっていたのは、その浚渫工事であったと指摘する。

次の「相対いたし候町々」については、間接的に天和二年（一六八二）の町触を引用され、内容が桃青ではなく、六左衛門になっているものの、全体としてほぼ同様の内容であることに注目し、その後の史料をもとに六左衛門が「瓜生氏」「富永町住」であったことを明らかにした。六左衛門家は町では家格が高く、天和以来、神田上水浚渫工事の請負人でもあり、これに先立つ桃青も同様の浚渫工事の請負人と結論付けている。そして請負人は、委託する町との相対契約で浚渫工事の請負金額が決められており、六左衛門当時の請負金額は「小間一間につき三分」の割合で請け負っていたとされている。延宝八年（一六八〇）の「相対いたし候町々」の内容は、桃青が相対契約を結んでいた町であったとする。

「桃青相対これ無き町々」ついて田中氏は、桃青（芭蕉）が相対契約を結んでいない町々の月行事の役割を履行しなければならず、契約を結んでいる場合はその業務を桃青がそれらを代行してくれるというのである。そして浚渫工事の請負人は、桃青→六左衛門→茂兵衛と移行し、桃青が最初の請負人であり、請負制は芭蕉からはじまったとしている。さらに請負制は、延宝五年六月九日の町触の解釈から、この年からはじまり、延宝五年（一六七七）という年は芭蕉が「神田上水の改修工事に携わった」年と一致し、その請負人が芭蕉であったとする。そして芭蕉は、名主を代行する町代の職（それ以降は、名主になった）にあり、数百人の人足を動かすなど、たんなるアルバイト程度の仕事ではなかったと結論付けている。

つまり、田中説を整理してみると、芭蕉は、

① 神田上水の浚渫工事に携わっていたこと。
② その内容は、浚渫工事の請負人であったこと。
③ この請負制は延宝五年に非公認の形式ではじまり、延宝八年から公認され芭蕉が最初の請負人になったこと。

④ 名主の職を代行する町代の職にあった（以降は、名主がこれを務める）。
⑤ 数百人の人足を動かすなど、たんなるアルバイト程度の仕事ではなかった。
⑥ そのため芭蕉は、処世の才に恵まれていた。
⑦ この多忙な生活の手助けとして、延宝四年に甥の桃印を連れてきた。

このように、田中説は、従来から持たれていた芭蕉のイメージが一変するのである。また田中氏は、当時の芭蕉の動静から延宝四年（一六七六）に甥の桃印を郷里から連れてきた背景として、この浚渫工事の請負人の手助けとして必要であったとしている。しかし、これをもとにすれば、芭蕉は、それ以前から水道工事に携わっていたことになり、延宝五年から延宝八年までの四年間それに携わっていたとする従来の説と矛盾することになるのではなかろうか。

『江戸町触集成』の「東照宮本町触」の性格

ここで、『江戸町触集成』に所収する史料の内容について概観しておきたい。

町触とは、幕府や諸藩が町方に布達する法令をいう。町触には、老中から町奉行を通じてだされる惣触と、町奉行の権限でだされるものがあった。町への伝達は、

① 町の代表を町奉行所によびだす場合。

② 町の月行事が町年寄役所で筆写させる場合。
③ 口頭で伝達したのち写しをとる場合。
などの方法があった。これを町役人が町の構成員に伝達し、町中連判の請書を提出する必要があったのである。なお、毎年だされる同様の内容は定式町触といい、町年寄の責任で発せられているものがあった。

さて、江戸の町触が二〇〇年以上にわたって記録として保存されている場所には、①発令者である町奉行、②交付の中間通達者である町年寄役所、③町触を直接伝達される町名主の家があった。その中の多くは、③の系統をひく編纂史料が主流として残される傾向があったという。

芭蕉が「神田上水の改修に携わった」二つの史料は、「上野東照宮旧蔵町触　六五冊　東京都公文書館所蔵〔東照宮本〕（ト本）」に収められている。「東照宮本町触」は、正保五年（一六四八）から明和二年（一七六五）までの町触を収録した半紙本の写本である。当本の特徴は、おもに、①寛文以後は一年仕立てのものが多いこと、②他の史料にないものが含まれていて、ことに「各種の入札に関する触書や、時には一日のうちに重ねて通達される火の用心の触れ、或いは法令を伝達するために町役人を呼び出す通達などを丹念に収録」していること、③作成の方針が町触の留書に近いこと、④文字の脱漏や書式の不統一が目立ち、必ずしも良質の筆写とはいい難い部分があること、などである。このように「東照宮本町触」は、『正宝事録』などの編纂の目的で集められたものとは、やや性格を異にした日常の「定式町触」をまとめた留書のようである。

幕末期に作成された喜多村信節の『筠庭雑録』がもとにした史料は、おそらくこの「東照宮本町触」系統の史料であったと思われる。一般に留書は、備忘的な性格を有し、法令や一件文書および文書のひな型などを多く書き留めておくものである。しかし、町触そのもののなかに、「桃青」という雅号が何のためらいもなく、記載されているのはなぜであろう。厳密な公式文書として発給される場合、一介の雅号で町内に伝達される事例を私は知らない。多くは、「〜（雅号・俗称など）事〜（名）」の形式である。

このように「東照宮本町触」は、町年寄の権限で毎年だされる定型的な「定式町触」の留書であるが、その恣意的な性格を改めて検討すべき必要があろう。ただ、その史料には、小沢家での芭蕉の立場が当時太郎兵衛が「抱え置」いた「物書き候者」＝「書役」であったという意味合いと、その文書がひな型をもとに「桃青」の号を、そこにあえてはめ込んだ恣意的文書（日本橋時代の桃青＝芭蕉の事績を実像として町触のひな型に投影しておくこと）としての意味合いがある。このことが時空を超えて、許六の一節とともに、芭蕉と神田上水とのかかわりを強く結び付けるものになってきたとも考えられるのである。

「浚渫工事請負人」説の誤解

芭蕉が浚渫工事に携わっていたことは事実としても、それが請負人であったとは思われない。それは、延宝八年（一六八〇）六月十一日の町触は、さきのように町年寄の三人が町々に神田上水の総払い（浚渫工事）があることから、町々で分担箇所を事前に話し合い、その結果を桃青（芭蕉）宅まで報告しておくように、というだけで、請負人を匂わせることなど、どこにも記されていない。では田中氏が請負人の根拠とした町触を左記に示そう。

一来る十一日、神田上水道水上総払いこれ有り候間、十日に水上へ参り、丁場請け取り申さるべく候。しがらみよき所はそのまま指し置き、悪しき所ばかりし直し、いつもより念を入れ、ふかく申すべく候。もつとも渡しにいたし、さらへ申されまじく候。もし雨ふり候はば、日限重ねて相触れ申すべく候。以上

六月九日　　　　町年寄三人

この史料は、延宝五年（一六七七）六月にだされた町触である（『町触』一三四九）。この史料をもとに、田中氏は、次のように指摘しているのである。

「もつとも渡しにいたし、さらへ申されまじく候」という一文は、それまでの町触に見えなかった付帯事項だが、「渡し」とは、業務を渡すこと、つまり委託することだと考えて、まず、まちがいあるまい。委託を禁じたということは、委託する町があったということであり、それを引き受ける人物があったということになる。つまり、浚渫工事に請負人が登場したのである。『本朝文選』の芭蕉略伝によれば、芭蕉は延宝五年から延宝八年までの足掛け四年間、神田上水にかかわりのある仕事をしているが、延宝五年というのは神田上水の浚渫工事にはじめて請負人が登場した年である。つまり、芭蕉が「武の小石川の水道を修め」はじめた年と、神田上水の浚渫工事に請負人が登場した年とぴたりと一致するのである。

田中氏は、この町触を根拠に延宝五年（一六七七）から請負人が登場したとし、その請負人が芭蕉であったとする。しかし、この田中氏の解釈は、妥当なものであろうか。私には、そうは思えない。その解釈は、来る十一日に神田上水道の上流の浚渫工事を行うから、十日にその上流に行って工事区域の指示を受けるように。柵（水流をせきとめるため、くいを打ち並べ、それに木の枝や竹を横たえたもの）が痛んでいない所はそのままとし、悪い場所は直し、従来よりも念を入れて深く掘り下げるようにしなさい。もっとも浚渫のために「渡し板（歩み板）」を架した場所は、とくに浚う必要はない、というのである。つまり、この町触は、浚渫工事全体の内容を示したものであり、田中氏のいう「渡し」を「委託」と解釈することはできないのである。

さらに田中氏は、延宝七年（一六七九）六月十九日の町触を引用し、「『渡しつかまつり候町々は、水上へ出で候義無用』ということだから、委託した町々は、浚渫工事の業務から解放された」とする。しかし、その内容は、浚渫工事のために事前に「渡し板」を架した町々は、とくに上流に赴かなくてもよい、と解釈すべきなのである。つまり、田中氏が指摘した二つの史料から、上水道浚渫工事の請負制を認めることはできず、芭蕉がこのとき浚渫工事の請負人であったとすることにはならない。

この浚渫工事について伊藤好一氏は、上水を受けていた江戸の町々は、水銀とともに水道普請についての役を負担していた。「役」というのは労働負担のことである。伊藤氏は、寛永二十年（一六四三）三月に武家屋敷に上水水溜の払い（水溜に溜った泥を浚うこと）が命じられたとされ、これにより江戸のはじめの頃には水道の浚渫が、そこに住む人々によってなされていたものであることを知ることができる、と指摘している。そして、寛文六年（一六六六）二月の水道浚渫が町々が直接参加する形で行われていたこと、寛文六年六月三十日の浚渫工事では、町々がそれぞれの浚渫場所を割り当てられて作業に従ったという。そして、その浚渫は、月行事だけの作業ではなく、町の人々が道具や材料を持参して出かけるものであった（『江戸上水道の歴史』吉川弘文館、平成八年）。

このことから、伊藤氏は、「こうして神田上水素堀部分の浚渫は、町役―町が負う労働負担として行われていったのであるが、後になるとこれが神田上水白堀浚賃と呼ばれる役銀に変えられた。こうなると浚渫は専門の請負人が行い、町々は貨幣でその役を負担することになった。近世前期には水道の普請修復や浚渫に、町の人々が動員された」と指摘している。

すなわち、この指摘からも芭蕉が神田上水に携わったとされる時期には、浚渫工事の請負制に移行していなかったといってよい。ただ、桃青＝芭蕉の名が出てくる町触の性格は、さきにも指摘したように、改めて検討する必要があるだろう。

以上のことから、私は、田中善信氏の指摘するような芭蕉の事実がなかったという、結論を導きだすことができるのである。

一度目の被災―延宝四年十二月二十七日の日本橋界隈の大火―

「関口芭蕉庵の伝承」や「水道工事に携わる」という説は、日本橋時代の芭蕉の動静を知るうえで、延宝五年（一六七七）から唐突にいわれだした説である。この二つの説をどのように理解すればよいのであろうか。

延宝四年の芭蕉の動静を探ってみると、夏に故郷の伊賀上野に帰省している。六月二十日ごろには上野に到着し、七月二日まで当地に逗留していた。そして江戸の下向に際して芭蕉は甥の桃印を伴い、その年のうちに江戸に帰っているのである。このころの芭蕉の住居が、どこであったのかは確認することはできない。しかし、このころには芭蕉は、すでに居所を転々とするような生活スタイルではなく、桃印と同居できるような貸家に定住していたものとみられ、少なくとも小田原町や大船町などの日本橋界隈にいたことだけは確かであろう。

江戸に戻った芭蕉は、それから間もなくして、思わぬ大火を経験することになる。延宝四年（一六七六）十二月二十七日のことであった。『鈴木修理日記』（平成九年、三一書房）の延宝四年十二月二十六日の条に、次のような記事が載せられている。

廿六日　甲戌　陰

卯刻三人連、酒雅楽頭殿・土屋但馬守殿・堀田備中守殿・久大和守殿江参、但馬守殿は不掛御目、何も江掛御目、大和守殿ニ而御料理被下、罷帰、建田友右衛門参、面談、長常公、意安江御越、申后刻、良運江参、閑話、及深更帰、丑后刻、須田町より出火、新石町・鍋町・通町・

通東がわ之分、日本橋迄焼亡、其外伊せ町・紺屋町・白銀町四町目・浮世障子《小路》・あらめ橋迄焼亡、山本正言・椎名伊予抔類火、北新蔵江見廻、帰、北風吹、長常公、甲斐庄喜右江御越、火事静候時分迄御入。

廿七日　乙亥　霽

昨夜之火未消、五ツ時分、長常公、喜右より御帰、養安院御出、面談、昨夜不寝ニ付、休息、未刻、正言・伊予方江火事見廻ニ参、申刻帰、長常公、竜泉寺江御出、是も方々御見廻、申后刻御帰。

『鈴木修理日記』とは

『鈴木修理日記』について、ここで説明を加えておくことにしよう。保田晴男氏の「鈴木修理日記—解説」(『近世庶民生活史料　未刊日記集成　第三巻　鈴木修理日記一』三一書房、平成九年)によると、日記の筆者は鈴木修理長常(ながつね)と同修理長頼(ながより)の父子二代が寛文十年(一六七〇)九月から宝永三年(一七〇六)十二月までの三六年間にわたって書き継いだものとされる(途中一部欠落がある。長頼没後の約一年間の記事は、長範〈長頼の実子小七郎が幼少であったため、縁戚の木原家から養子となった人物〉か、あるいはその近辺の者の手によるもの)。

父の長常は、元和九年（一六二三）に生まれ、寛永十二年（一六三五）に長次の家督を継いで、元禄九年（一六九六）七十四歳で没した。次の長頼は、明暦元年（一六五五）に生まれ、貞享三年（一六八六）に長常の跡を継いで、宝永二年（一七〇五）五十一歳で急逝した。

鈴木家は、三河以来の譜代の旗本として、寛永六年（一六二九）に長次が武州埼玉郡川口村（現、加須市）に五〇〇石を知行し、「江戸開府当初から三代家光の代までの間、関東・東海を中心とした地域の諸建設事業を直接推進したメンバーの一人」であった。

続く長常と長頼の修理父子は、「幕府作事奉行の配下、御大工頭として、御被官大工・大棟梁・御手大工のほか、木挽・壁方・錺方・鍛冶方等々の諸職を従え、江戸城内外の殿舎諸門等の建造物・上下水道・橋梁の建設や補修、日光東照宮など徳川家ゆかりの社寺・霊廟の造営や修築、更に絵図の作成とか、将軍家の葬儀や仏事にまでも従事した」という家柄である。

このような家柄にある『鈴木修理日記』は、御大工頭の管理業務に関する事項の書留の性格が強く、三十余年間にわたる毎日の気象、登退城の時刻、上司との応対、見回り、挨拶等の訪問先、来訪者などを丹念に記載しており、その性格は、御大工頭としての日々の勤務記録ともいうべきものであった。そして、この日記は、修理父子が公私の旅行で江戸を留守にしている間も、留守居役の手で、一日も欠かさずに記されている。さらに、内容は多岐にわたっており、公的な記事の間に、修理父子と家族の私生活に関する事柄などが書き込まれていたのである。

なお、鈴木修理家の住居は、はじめ神田橋門外の知恩院前にあり、長頼の代には明神下に一三〇〇坪ほどの屋敷を拝領して移っている。この神田橋門外の知恩院前の住居は、後述する延宝八年（一六八〇）十月の新小田原町の出火場所となったすぐ側に位置していた。

話しを戻そう。延宝四年（一六七六）十二月二十六日、長頼は卯の刻（午前六時）ごろから酒井雅楽頭などの幕閣に逢い、多忙な一日を送っている。そして、丑后刻（二十七日午前二時過ぎ）に須田町で火災が発生したことを伝えているのである。この火災の経過をたどってみると、当日は北風が吹き、これにより「新石町・鍋町・通町・通東がわ之分、日本橋迄焼亡、そのほか伊せ町・紺屋町・白銀町四町目・浮世障子《小路》・あらめ橋迄焼亡、山本正言・椎名伊予など類火」したことを伝えている。このとき長頼は、北条新蔵を見舞い帰宅した。父の長常は甲斐庄喜右衛門へ赴き、火災が静まる頃まで甲斐庄屋敷にいることにした。しかし、未明からの火がいまだ鎮火していなかったことで、長常は「五ツ時分（午前八時）」に甲斐庄氏の屋敷から帰宅し、養安院に出かけている。長頼は、不眠であったために一時休息し、「未刻（午後二時）」には山本と椎名の両屋敷に火事場の巡視にいき、「申刻（午後四時）」に帰宅した。一方、長常も竜泉寺に出かけ、方々を見舞い「申后刻」に帰っているのである。

延宝四年十二月二十七日の大火の検証

この火災を『東京市史稿―変災篇―』（大正六年）をもとに、さらに詳しく見てみることにしよう。

須田町から発生した火災は、「町数六十町程」を焼き尽くした。左記に史料を示そう。

①　廿六日〇延宝四年十二月

一、寅刻、筋違橋町家より出火、風烈にて日本橋小舟町迄焼失。

（柳営日次記）

②　延宝四年辰十二月廿六日夜八ツ時分ヨリ、明廿七日ノ酉ノ刻マテ焼。火元神田蓮雀町より出、日本橋ノ河岸堀江町小網町河岸マテ町数六十町程焼申候。

（寛文延宝略日記）

出火時刻は、①の『柳営日次記』に二十六日「寅刻（午前四時）」に筋違橋の町家から出火したといい、当日の烈風により日本橋小舟町まで焼失したとある。次の②の『寛文延宝略日記』には、二十六日「夜八ツ時分（午前二時）」より「明廿七日ノ酉ノ刻（午後六時）」まで燃え続けたとある。しかし、『鈴木修理日記』を詳細に検討してみると、この大火は二十六日の条にあるものの、実際の火災の発生は二十六日を過ぎた二十七日の「丑后刻（午前二時ごろ）」ということになる。つまり、出火時刻は深夜の理解の仕方によって、『鈴木修理日記』から②の『寛文延宝略日記』も二十七日と理解すべきで、①の『柳営日次記』を除き、二十七日午前二時ごろであったことを確認することができるのである。

私は、この火災の発生を当初「芭蕉の深川移居の事情―状況としての可能性―」（『江東区文化財研究紀要』八、平成九年）のなかで、「二十六日未明」と指摘しておいたが、『鈴木修理日記』の検討からも、この火災を「二十七日」であったと訂正しておきたい。

そして、鎮火したのは、『鈴木修理日記』では正確に確認することができないものの、②の『寛文延宝略日記』をもとにすると、二十七日の「酉ノ刻（午後六時ごろ）」であったことが明らかとなる。つまり、この火災は二十七日の午前二時ごろから同日の午後六時ごろまで燃え続けたことになり、およそ一四時間におよぶ大火であったのである。

③　一、同月〇延宝四年十二月廿六日、神田ヨリ出火、火本ハ須田町二丁目名主市郎兵衛。類火の所々、須田町・連著〔雀カ〕町・土井周防守長屋・通新石町・神田鍋町・同鍛冶丁二丁・通元乗物丁・白銀丁三町目四丁目・石町三丁目四丁目・十軒店・室町三丁・小田原町二丁・駿河町・乗物町二丁・安針丁二丁・本舟町二丁・伊勢町二丁・小網町一丁・小船町三丁・堀江町四

丁・本町三丁目四丁目・白壁町二丁・岡付鹽丁・鉄炮丁・岩付丁二町・右之町々へ附ク。

新道通リ并横町会所屋敷不残焼ル。　　(万天日録〈玉露叢・天享吾妻鑑同〉)

④ 延宝四年十二月廿六日ノ夜ノ火事ノ類火ノ本ハ、神田須田町二丁目名主市左衛門也。

一、須田町二丁目不残。　　一、連雀町半町
一、土井周防守西長屋ヤケル。　　一、通本乗物町一町
一、白銀町三ツ目同二丁メトモ焼。　　一、石町二丁目三丁目四丁目トモニ焼。
一、十間店少残ル。　　一、室町三丁目
一、小田原町二丁目　　一、駿河町一丁目
一、瀬戸物町二丁目　　一、安針町二丁目
一、小網一丁目　　一、小舟町三丁目
一、堀江町四丁目　　一、本町二丁目三丁目四丁目トモニ
一、白壁町二丁目。　　一、岡付鹽町一丁目
一、鉄砲町半町。　　一、岩付町二丁。

右之通町々へ付申候。新道通リ并横町又ハ会所屋敷不残焼失ス。　　(玉滴隠見)

出火場所は、①「筋違橋町家より出火」（柳営日次記）、②「火元神田蓮雀町より出火」（寛文延宝略日記）、③「神田ヨリ出火、火元ハ須田町二丁目名主市郎兵衛」（万天日録〈玉露叢・天享吾妻鑑同〉）、④「火事ノ類火ノ本ハ、神田須田町二丁目名主市左衛門也」（玉滴隠見）などのようにある。これをもとに判断すると、須田町付近であることには間違いなく、その場所を特定すると、③・④の史料から神田須田町二丁目の名主宅であったと考えてよさそうである。

一四時間ほど燃え続けたこの日の火災は、「町数六十町程」を焼失させた。具体的な焼失範囲をみると、須田町の南に位置した町々であり、③と④の史料をもとにすると、おもな町々のうち三〇町程度を確認できる（第4表）。しかし「町数六十町程」の全体を把握することはできない。『鈴木修理日記』にもあるように、「日本橋迄焼亡」などとあり、当日の激しい「北風」にあおられ、須田町から南に位置した日本

第4表　延宝4年12月27日大火

出火場所　須田町2丁目名主市郎兵衛宅

類焼町名
須田町／連著町／土井周防守長屋／通新石町／神田鍋町／同鍛冶町2丁目／通元乗物町／白銀町3丁目・4丁目／石町3丁目・4丁目／十軒店／室町3丁目／小田原町2丁目／駿河町／乗物町2丁目／安針町2丁目／本舟町2丁目／伊勢町2丁目／小網町1丁目／小船町3丁目／堀江町4丁目／本町3丁目・4丁目／白壁町2丁目／岡付鹽町／鉄炮町／岩付町2丁目／新道通り并横町会所屋敷残らず焼く

『東京市史稿』変災篇第五（大正6年8月31日）

橋にいたる周辺の相当数の町々をも含み、焼失を拡大したものであったといってよい。

このように、延焼コースをたどってみると、須田町から焼け止まりが東南の小網町であり、折からの「北風」にあおられて被害を拡大していった状況を確認することができる（当初の「芭蕉の深川移居の事情」のなかで、延宝四年十二月の風向きを「西北風」と指摘したが、『鈴木修理日記』に当日の風向きを「北風」としており、その部分を訂正しておきたい）。そして、そのなかに芭蕉がいたとされる小田原町や大舟町（本船町）も含まれていたのである。しかし、これらの記録では、「小田原町二丁目」や「本舟町二丁目」の焼失を伝えているが、小田原町と本船町の一丁目については何も触れられていない。このとき芭蕉は、それぞれの町名のどちらかにいたとしても、その何丁目にたのかは不明である。

ただ、このことは、小田原町と本船町の一丁目が焼失していなかったというのではなく、他の町への延焼を防ぐためにこの地域を防火帯とし、多くの家屋を取り壊したと理解すべきである。すなわち日本橋一帯は、この火災によって大きな被害をだしていたことになる。

芭蕉の「この年から四年間、水道関係の仕事に携わる」や「関口芭蕉庵の伝承」がいわれはじめるのは延宝五年（一六七七）からのことであり、この延宝四年十二月二十七日の大火が少なくとも影響していたと考えることができるのである。

関口上水端
芭蕉庵
椿山

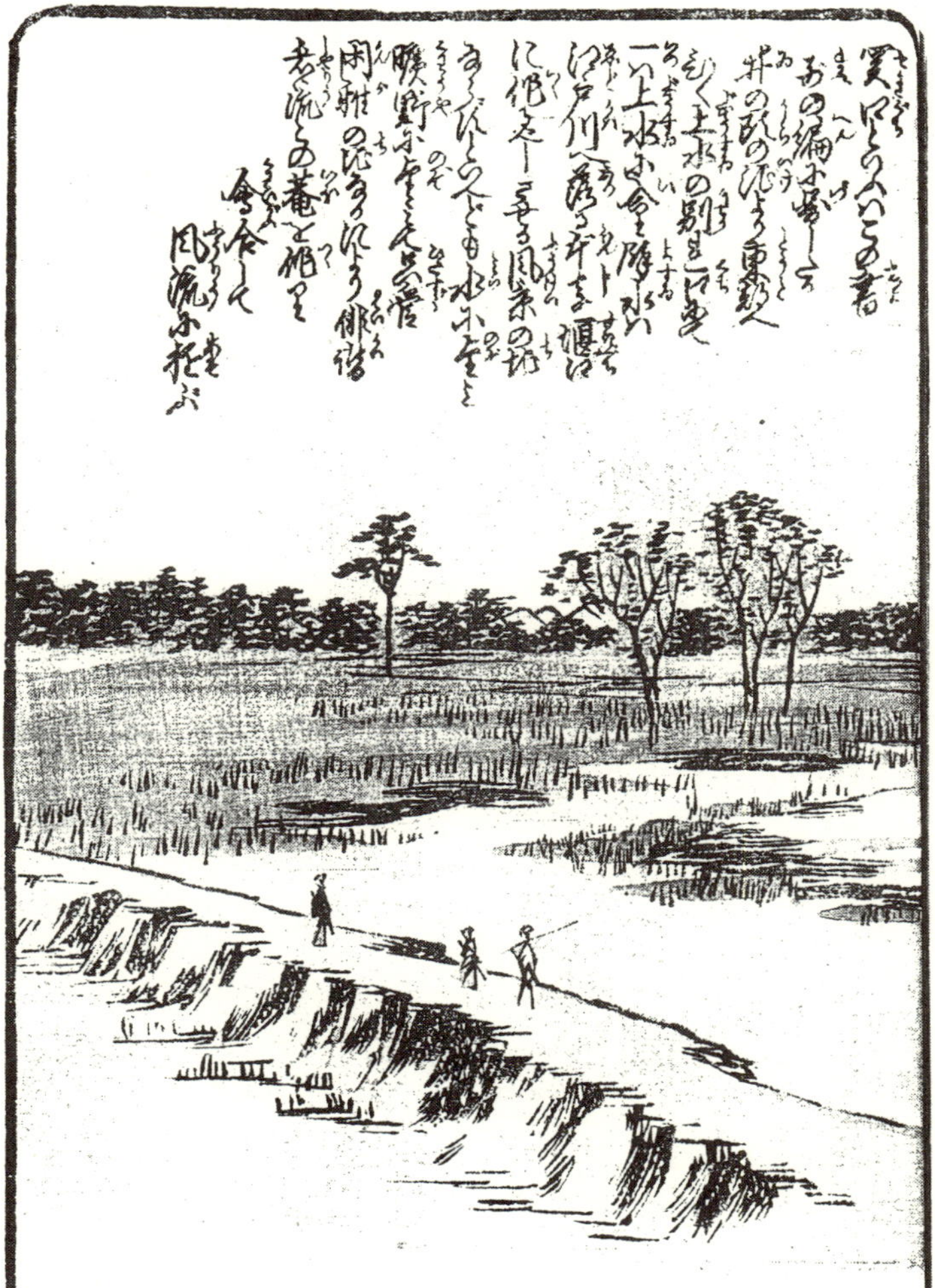

関口上水端芭蕉庵椿山（『絵本江戸土産』）

関口芭蕉庵は被災のための緊急避難先

関口芭蕉庵とは、「芭蕉が延宝五年（一六七七）から同八年にかけて神田上水の改修工事に携わった際、龍隠庵に居住したという伝承により、馬光らが五月雨塚を築いたのに始まる」とされる旧跡である（『俳文学大辞典』平成七年、角川書店）。ここにも桃青寺を聖地としていた葛飾派の俳人馬光の芭蕉顕彰活動がみられるのである。

また文政十一年（一八二八）に成った幕府の官撰地誌『新編武蔵風土記稿』（昭和五十二年、雄山閣）の「関口町在方分」の項には、次のように記されている。

庵　龍隠庵と称す、俗に芭蕉庵とも云、

現在の関口芭蕉庵の門（文京区関口）

誹人芭蕉の塚あり、此地は丘の中腹にて古松など多く、前は上水の流を帯田間を越て早稲田赤城の辺まで打開け、少しく景勝をなせり、

すなわち、当時この関口の龍隠庵（りゅげあん）が、俗に芭蕉庵とよばれ、「誹人芭蕉の塚」＝五月雨塚がここに残されていたのである。歌川広重の『絵本江戸土産』のなかにも「関口芭蕉庵」が景勝地として画題に描かれているなど、江戸時代の後期には広く知られていた史跡であったことがわかる。

関口は、正保年間（一六四四〜四七）までは「関口村」といわれ、神田上水とその余水を江戸川へ流すための堰が設けられていた。そのため関口は、江戸市中に飲み水を供給するための重要な分岐点であったといってよい。ここで芭蕉が「神田上水の改修工事に携わった際、龍隠庵に居住したという伝承」が生まれ、のちに葛飾派の俳人長谷川馬光が「誹人芭蕉の塚」＝五月雨塚を建立することで、「関口芭蕉庵の伝承」が広く継承されていくことになったのであろう。

このように考えてくると、延宝五年からいわれだす関口芭蕉庵と芭蕉のかかわりは、延宝四年（一六七六）十二月二十七日の火災が大いに影響していたものとみられ、ここが被災後の一時的な避難場所となり、後世「関口芭蕉庵の伝承」として定着することになった。そのため関口芭蕉庵

（龍隠庵）は、芭蕉にとってはあくまで日本橋界隈の被災復旧までの臨時的な居所にすぎないものであり、「水道関係の従事」説は、その火災による被災によって関与するようになったものと理解することができるのである。

今栄蔵氏は、延宝八年（一六八〇）の俳諧師住所録にある芭蕉の居所について「延宝五年ごろか」としているが、このことは復旧によって「小田原町　小沢太郎兵衛店　松尾桃青」という卜尺の貸家に芭蕉が入居したということを示唆するものでもある。

第四章　芭蕉の深川移居

延宝七年五月の室町一丁目の放火未遂事件

延宝四年（一六七六）十二月二十七日の火災ののち、一時的に龍隠庵に避難した芭蕉は、水道工事の職に従事しながら生活の糧を得るようになっていた。まもなく日本橋界隈が復旧することで芭蕉は、小田原町の小沢卜尺の貸家に入居したのである。それからしばらくは、芭蕉は平穏な日々を送ったのであろう。

日本橋界隈は、火災の多発地帯であった。そこには、失火によるものから放火によるものまで、さまざまなケースがみられた。延宝七年（一六七九）五月十日の『御仕置裁許帳』（『近世法制史料叢書』一、昭和五十六年、創文社）に、次のような記録が載せられている。

延宝七年未五月十日

壱人善次郎　是ハ竹川町喜兵衛店八兵衛出居衆、何者仕候哉、室町壱丁目新右衛門店五兵衛と申者方え火を付可申由ニて、度々張文仕候付、人を付置候処、夜前五ツ時分此者張文致候付、捕え召連来ル付、穿鑿之内籠舎

右之者、同未七月二日江戸日本橋より拾里四方追放

室町一丁目にあった新右衛門の借家で五兵衛という者が住んでいた。この五兵衛宅に近ごろ放火をほのめかす風聞があり、しばしば「張り文」がなされるようになったというのである。このため、この五兵衛宅付近に見張りをつけて警戒にあたっていたところ、五月十日の「夜前五ツ時分（午後八時）」に善次郎なる人物が現場に現われ、「張り文」をしていたので捕縛したのである。この男は、かつて竹川町の喜兵衛の借家で八兵衛宅に出入りしていた者であったが、よく素性がわからず、詮索のうえ投獄され、それから二ヵ月ほどたった七月二日に、善次郎は江戸日本橋から半径一〇里四方の追放になったとある。この事件は、幸い未遂事件に終わっており、実際に火災にはいたらなかったのである。

江戸の火災の恐ろしさは、延宝四年（一六七六）の年末に身をもって芭蕉は体験していた。芭蕉は、このころ小田原町にいた。この放火未遂事件のあった室町一丁目は、芭蕉の居所からは目と鼻

の先であり、この風聞は人ごとではなかったに違いない。
日本橋界隈は人口密集地であり、江戸の庶民は一つの火災が多くの代償を払うことを肌で感じ取っていたのである。この事件は、そのことを象徴する出来事であった。

延宝八年という年

芭蕉は、延宝八年（一六八〇）冬に深川に移り住んでいる。この年は、幕府のお膝元は慌ただしい一年であった。その年の動静を、ここで振り返ってみることにしよう。

五月六日、四代将軍の家綱が危篤となり、弟であった館林藩二五万石の綱吉が家綱の嗣子となった。これにより、綱吉の嫡子の徳松が館林藩主に就任している。五月八日、家綱が四十歳で逝去し、綱吉は八月二十三日に五代将軍の座に就いたのである。

その後、綱吉は十一月二十七日に嫡子の徳松を将軍の嗣子に指名したことから、徳松を江戸城西之丸に移している。

その一方で、六月二十六日には、増上寺で家綱の法要中に浅野長矩の叔父にあたる志摩国鳥羽藩主の内藤忠勝（三万五〇〇〇石）が乱心のうえ、丹後国宮津藩主の永井尚長（七万三六〇〇石）を刺殺する事件が発生した（『徳川加除封録』昭和五十六年、近藤出版社、など）。幕府は、翌二十七日、ただちに忠勝に自刃を命じ、七月九日には除封としている。また、刺殺された尚長側も、後継者のなかったことを理由に同日領地を没収としたのである。

十二月九日には、家綱の治世で権力を揮い「下馬将軍」と称された大老の酒井忠清が失脚している。このなかで綱吉は、八月五日に老中堀田正俊らを農政担当に任命し、十一月三日には柳沢保明（吉保）を小納戸役にするなど、その後の政権の基盤を次第に磐石なものにしていったのである。

市中では、閏八月十四日に暴風雨が荒れ狂っていた。この日は、前月に将軍職就任を果たした綱吉の慶祝行事が予定されていたが、中止を余儀なくされている。こうしたなか、深夜に京橋で火災が発生し、一五、六町が延焼した。さらに、十五日の夜には、数寄屋橋などの市街から失火し、数町を延焼のうえ小川町にまで達する火災が発生したのである。

幕府は、十六日にその消火を担当した一〇名の火消役を呼びだし、延焼の経緯を「消防力たらざる故なり」とした結果を報告している（『徳川実記』昭和五十六年、吉川弘文館）。幕府は、この事態に「此ころ風烈しければ。市井火をいましめん事。家持はいふまでもなし。借家せしもの等までも。なるべきほどは心いるべし。月行事は間断なく巡察し。きびしく申付べし。尤水桶。手桶等にも。水を貯ふべしとなり」という市中に対して、火災警護の緊急事態宣言を発したのである。この背景には、火災などの災害に弱い江戸の現実があり、あわせて将軍に就任したばかりの慶祝ムードに水を差すような事態を回避したい幕府の事情が読み取れるのである。

このように延宝八年（一六八〇）は、政治的にも社会的にも大きく揺れ動いた一年であった。しかし時代は綱吉が五代将軍となり、いよいよ「元禄の世」を謳歌する幕開けともなる年でもあったのである。

さまざまな芭蕉の深川移居説

こうした年の冬、芭蕉は日本橋から深川に忽然と移り住んだ。ただ、芭蕉が移居した年を振り返ってみると、偶然にも幕府が慌ただしく揺れ動いた時期にあたっていたのである。もちろん、このような政治的な影響で芭蕉が深川に移居したとすれば、衝撃的な事実となろう。しかし、市井の一俳人が、そのような背景がもとで、深川に移ったとは思われない。

では、芭蕉の深川の移居には、どのような原因や背景があったのであろう。楠元六男氏の整理によると、芭蕉が深川に移り住んだ理由としては、①「談林俳諧の否定」、②「宗匠生活の否定」、③「経済的破綻」、④「純粋に文芸的なもの」、⑤「『芭蕉の妾』であった寿貞が甥の桃印と駆け落ちしたため」などとしている（『芭蕉と門人たち』平成九年、日本放送出版協会）。

かつて富山奏氏は、このうち①から③の説について、詳細な検討を加えたうえで、それらを批判し、④の自説を展開している(『芭蕉文集』解説、昭和五十五年、新潮社)。①から④の説の論拠を富山氏は、次のように説明している。

①「談林俳諧の否定」説

深川に隠栖してから後、芭蕉の俳風は急激に変化して、顕著な漢詩文調となり、著しい老荘的孤高趣味を発揮するようになった。

②「宗匠生活の否定」説

深川に隠栖してから後、芭蕉は老荘的な隠逸孤高の生活を讃美し、脱俗的な「侘び」の境遇に憧れて、自己の日常生活において、そうした境地を実践すべく努力している。

③「経済的破綻」説

江戸市中に門戸を構え、俳諧宗匠として最も脂が乗っていた延宝五年から同八年まで(三十四歳から三十七歳まで)の間に、芭蕉は経済上の必要から、水道工事の現場監督を副業としている。

④「純粋に文芸的なもの」説

世俗的名声の向上は、当然、遊戯として俳諧を楽しむ大衆の評判を呼び、点取俳諧を事とする連中との交渉を、必然的に増大するからである。おそらく、延宝八年末には、万事を放擲して、江戸市中からの脱出を決意した。それが、深川への隠栖であった。

なお、⑤の「『芭蕉の妾』であった寿貞が甥の桃印と駆け落ちしたため」という説は、今日、田中善信氏が提唱しているもので、かつて沼波瓊音（ぬなみけいおん）氏が紹介された広島の俳人風律（一六九八〜一七八二）の『小ばなし』（書留め聞書集）の一節、

一寿貞は翁の若き時の妾にて、とく尼になりしなり。其子次郎兵衛もつかい被申し由。浅談。

をもとに、衝撃的な芭蕉伝記論を展開されているものである（近著としては、『芭蕉＝二つの顔』講談社選書メチエ、平成十年、など）。

このように、従来からの芭蕉の深川移居説は、芭蕉の俳人として姿、または芭蕉個人としての側面からの評価が中心であったといってよい。とりわけ「談林俳諧の否定、宗匠生活の否定、純粋に文芸的なもの」の説は、芭蕉の内的な文学観の変化が深川の隠棲事情に結び付けられたものであり、芭蕉をより偶像化するシェーマともなってきたのである。最も根本原因は、芭蕉自体、そのことを伝えるような資料が一切残されていないという問題があり、そこにさまざまな学説を生む要因ともなってきた。

私は、このような芭蕉研究の状況のもとで、深川の移居の事情が他の外的要因（一般的歴史事象）に求めてみる必要性もあると考える。

延宝八年十月二十一日の火災

芭蕉は、延宝五年（一六七七）ごろから「小田原町　小沢太郎兵衛店　松尾桃青」というように、小田原町の裏長屋に居住していた。

それ以降、芭蕉の年譜を広げてみると、俳諧に興ずる芭蕉の姿が頻繁に描かれるようになっている。こうした最中、芭蕉は深川に移り住んでしまうのである。その原因を伝える史料は何も残されていない。

私は、平成六年（一九九四）から『江東区史』の執筆に参画する機会があった。このときは、おもに江東地域の「地震・水害・火事」という災害の項目を担当し、その状況を拾う目的で『東京市史稿』の「変災篇」と向き合う必要があった。そのなかの第四巻～第五巻の「火災史」を読み進む過程で、次のような記事に接したのである。以下、史料を引用しておきたい。

①　廿一日○延宝八年十月。

一、今暁寅刻、三河町三丁目より出火、老中不残登城。明巳刻鎮。　（柳営日次記）

② 十月廿一日〇延宝八年。丑下刻、新小田原町二丁目より出火、佐竹左〔右カ〕京大夫〇義處。真田伊賀守〇信登。を初、近隣町屋十余町類焼。依之増火消俄に被仰付。松平伊豆守〇信輝。水野右衛門大夫〇忠春。青山和泉守〇忠親。溝口信濃守〇宣廣。相馬弾正少弼〇昌胤。脇坂中務少輔〇安吉。水野左京亮〇勝家。松平和泉守〇乗久。仙石越前守〇政明。相良遠江守〇長武。水野隼人正〇忠直。等也。　（延宝録〈雑載所収〉）

③ この暁〇延宝八年十月廿一日。三河町より出火し大火に及ぶ。よて大名十一人消防仰付られ、徳松君御方に板倉内膳正重種、使番桜井庄之助勝正遣はさる。　（常憲院殿御実紀）

④ 延宝八庚申年十月廿一日御記録所御書物梅澤半右衛門忠宴御家老勤中日記

一、今夜寅ノ上刻、新小田原町二丁目より出火、御上屋敷近所に候故、屋形様にも被為出、拙者儀も御跡より参候。折節風強、最前は松平対馬殿屋敷焼候而、夫より吹貫、神尾下総守殿・真田伊賀殿屋敷焼失申候。御屋敷は別条有之間敷存候処、其内北小屋之角より火移、色々防候得共不相叶、御家御蔵共に無残焼失。依之光聚院様にも御下屋敷江被為退候。折節法流院様・小笠原備後守様奥様にも、先日より御上屋敷江被為入候故、則御屋敷江被為退候。

⑤ 十一月十日山方民部泰朗寺社奉行勤中日記

一筆致啓上候。去月廿〔廿一カ〕日夜中火事出来、上屋敷焼失仕候段、乍憚御笑止千万奉存候。

併上々様御機嫌能被成御座、御肝要至極奉存候。右之趣御前可然様被仰上可被下候。恐惶謹言。

十一月十日　　　　　　　　　　　　山　方　民　部

梅津半右衛門様

（国典類抄　久保田藩）

此外万年記「廿日〇延宝八年十月。寅刻、〔新脱カ〕小田原町出火、十余町類焼。」トシ、年代炎上鑑「十月廿一日〇延宝八年。今暁、三河町三丁目より出火。」トスルノ類、一々挙ゲス。

この史料は、延宝八年（一六八〇）十月二十一日の早朝に新小田原町二丁目または三丁目（＝三河町）から出火し、折からの強風で大火におよんだ記録である。新小田原町は、現在の千代田区内神田一～三丁目と神田司町二丁目あたりに比定される（『角川日本地名大辞典　一三　東京都』昭和五十三年、角川書店）。安政六年（一八五九）再板の切絵図「日本橋北・内神田・両国浜町明細絵図」によると、三河町一丁目から四丁目にかけて「古名シン小田原丁」と添え書きされ、新小田原町が別称として用いられていた。さらに延宝五年（一六七七）の『江戸雀』（『日本随筆大成』第二期第五回所収、昭和三年）には、「神田御門右三河町、新小田原町共云」とある。そして芭蕉が住

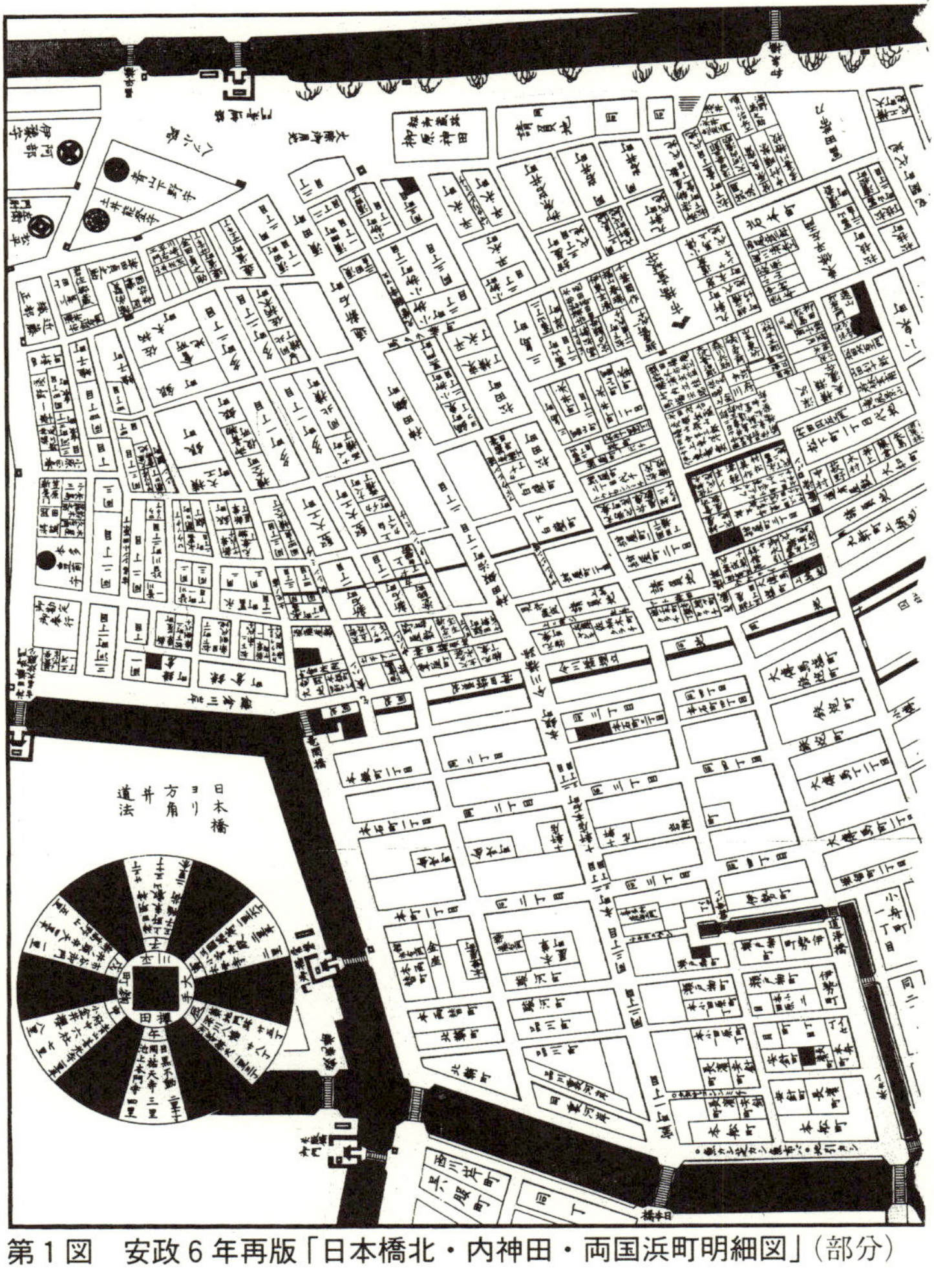

第1図　安政6年再版「日本橋北・内神田・両国浜町明細図」(部分)

していたとされる「小田原町」との位置関係は第1図のようであり、ここから直線でおよそ九〇〇メートルほど東南に位置していた。

では、①から⑤の史料と延宝八年（一六八〇）の「江戸方角安見図　乾」（『古板江戸図集成』昭和三十三年、古板江戸図集成刊行会）をもとに、この火災を再現してみよう（第2図）。

延宝八年（一六八〇）十月二十一日の新小田原町（三河町）の火災は、「丑下刻」（史料②）または「寅ノ上刻」（史料④）ごろの午前三時前後に発生し、鎮火したのは「明巳刻」（史料①）の午前十時ごろとされ、およそ七時間も燃え続けていた。風向きは史料には記されていないが「折節風強」とあり、延宝八年（一六八〇）「江戸方角安見図　乾」に火災の状況を落とし込んでみると、新小田原町二丁目付近（史料②・④）または同三丁目（史料①）から出火して、「最前は松平対馬守殿屋敷」を焼き、「神尾下総守殿・真田伊賀殿屋敷焼失」し、佐竹右京大夫屋敷に延焼していく状況が記されている。そして「近隣町屋十余町類焼」する事態に幕府は、増火消一一名の大名の出動を命じたのである。

第5表は、この武家屋敷の焼失規模を想定したものである。元文三年（一七三八）当時の屋敷の規模は、拝領高一万石〜三万石の大名屋敷がおよそ二五〇〇坪とされ、一〇万石〜一五万石ではおよそ七〇〇〇坪とされていた。これをもとにすると、松平と真田の屋敷はほぼ二五〇〇坪程度とな

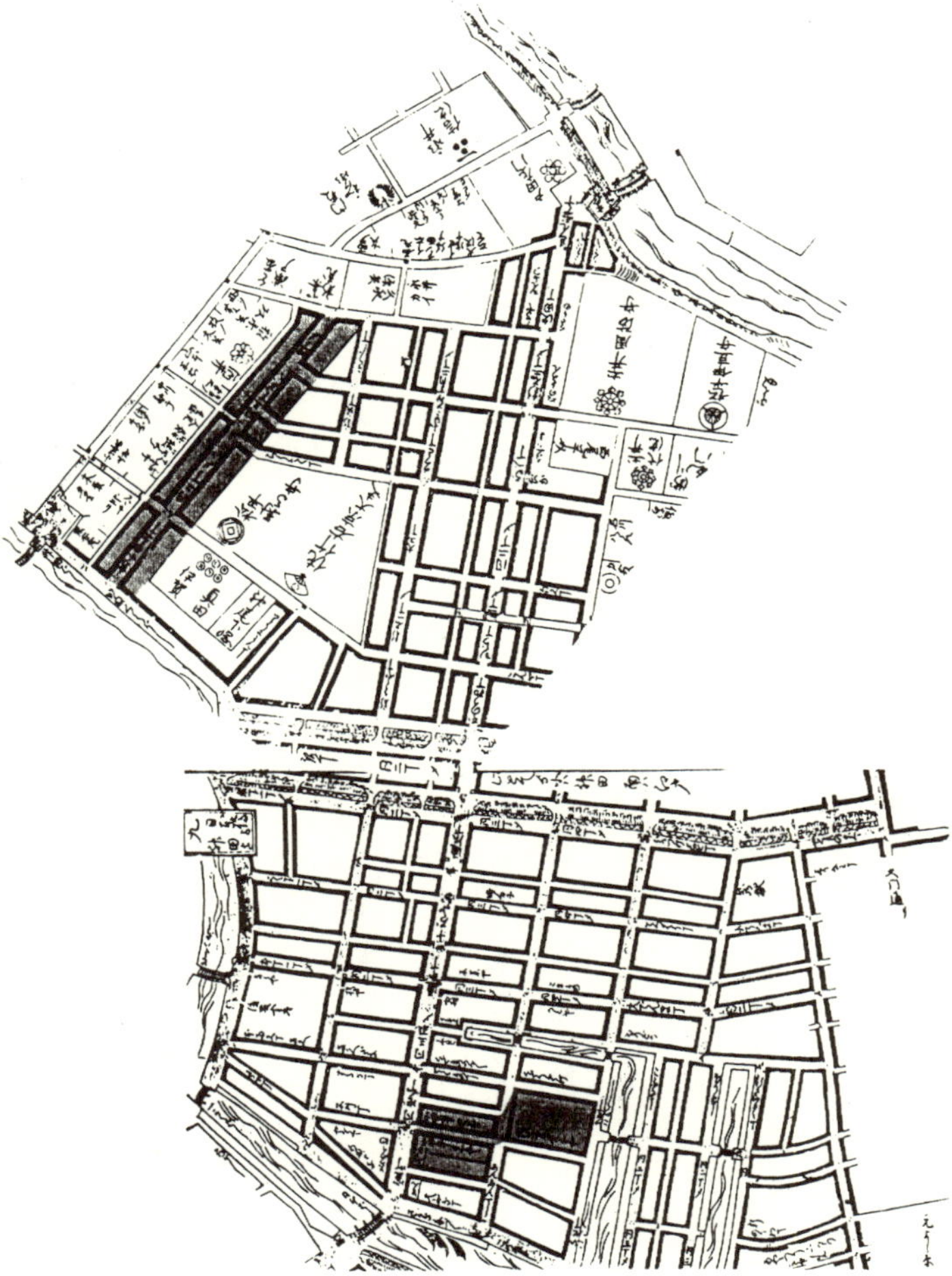

第2図　延宝8年「江戸方角安見図　乾」(合成)

第５表　延宝８年10月21日の火災による被災状況

類焼順	大　名　名　等	拝　領　高	屋敷規模(推定)	焼失規模
1	松平対馬守近陣	２万1,200石	2,500坪程度	12,900坪以上 (42,570㎡以上) 鎌倉町、新革屋町、松下町二南側代地・松下町一丁目南側代地・鎌倉横丁南側代地、皆川1～3丁目、永富町1～4丁目、蝋燭町の一部、関口町、銀町、新革屋町代地、元乗物町・横大工町の一部、など
2	神尾下総守守政	1,000石	900坪程度	
3	真田伊賀守信利	３万石	2,500坪程度	
4	佐竹右京太夫義處	20万5,000石	7,000坪以上	
5	――	――	――	近隣町屋10余町類焼

注）本表は、それぞれの拝領高を『新訂　寛政重修諸家譜』第１・３・11・16により、屋敷規模は『國史大辞典』（吉川弘文館）の「大名屋敷」の項および笹間良彦『江戸幕府役職集成（増補版）』（雄山閣）等により作成した。
武家屋敷後の町名は、延宝８年「江戸方角安見図　乾」と嘉永３年新刻・安政６年再板「日本橋北　内神田　両国浜町明細絵図」により比定した。

り、二〇万石余の佐竹の屋敷は七〇〇〇坪以上であったと思われる（『国史大辞典』八、昭和六十二年、吉川弘文館―「大名屋敷」の項）。この火災による武家屋敷の焼失は、同表から一二九〇〇坪（四万二五七〇㎡）以上に達していた。これら武家屋敷はのちに町場となり、同表のような町名になっていた。そして神尾屋敷の南側と佐竹屋敷の道を挟んだ西側に「りうかん丁（龍閑町＝龍閑元地）」があり、ほどなく「龍閑橋」を渡ると日本橋の銀町（本銀町一丁目、現・中央区日本橋本石町付近）であった。

　この類焼のあり方は、松平の屋敷から神尾・真田・佐竹、そして町屋の延焼へとなっているのである。つまり、これらの状況から風向きは強い西北風または北風とみられ、東南に位置した町屋へと次第に燃え広がっていったものと思われるのである。佐竹の屋敷の焼失後は、大工町・新石町・新革屋町・鍛冶町・本乗物町などを抜けて、通銀町・十間店・室町などへと延焼していったのではなかろうか。そして、このなかに「小田原町」も含まれた可能性が出てくるのである。

田中善信氏からの批判とその疑問

この私の考え方に対して田中善信氏は、『芭蕉＝二つの顔』（講談社選書メチエ一三四、講談社一九九九年七月）のなかで、次のような批判を展開しておられる。その部分を、まず引用しておきたい。

【火災が原因？】

平成九年、深川芭蕉記念館の横浜文孝氏によって、芭蕉が深川に移住したのは火事が原因ではなかろうか、という仮説が提示された（「芭蕉の深川移居の事情―状況としての可能性―」、『江東区文化財研究紀要』8）。延宝八年十月二十一日未明に新小田原町から出火した火事は「近隣町屋十余町類焼」という大火になった。芭蕉の住む小田原町は、新小田原町から直線距離で約九〇〇メートル東南に位置するという。小田原町が類焼したという記録はないが、横浜氏は、芭蕉はこの火事で罹災したと推定されるのである。

横浜氏はこの火事にかんする資料を網羅されているが、これらの資料によってわかるのはつぎのような事柄である。

一、火事は午前三時ごろに新小田原町二丁目から発生し、午前一〇時ごろ鎮火した。つまり七時間ほど燃えつづけたことになる。

二、松平対馬守（二万一千二百石）・神尾下総守（千石）・真田伊賀守（三万石）・佐竹右京大夫（二十万五千石）の屋敷が類焼、その他十町余りの町屋が類焼した。

三、松平伊豆守・水野右衛門大夫をはじめ一一名の大名が「増火消」を仰せ付けられた。

火事が約七時間もつづいたこと、大名屋敷が三家、旗本屋敷が一家、町屋が一〇町余りも焼失していること、一一人の大名が「増火消」（消火のための応援隊であろう）を仰せ付けられていることなどから、火事の規模の大きさがわかるが、どこまで燃え広がったのか不明である。

なお、焼失した大名屋敷や旗本屋敷は火元の新小田原町に近い。新小田原町に隣接して真田伊賀守の屋敷があり、その隣が神尾下総守の屋敷である。真田・神尾の屋敷と道路を隔てて向かい合う形で、松平対馬守と佐竹右京大夫の屋敷がある。したがって、これらの屋敷は真っ先に火の餌食になったであろうが、その後どの方向に広がったのかわからない。

横浜氏の論文はまことに興味深い仮説だが、火事が小田原町におよんだことが確認できず、また延宝八年の冬に芭蕉が火事に罹災したことを記した文献も皆無である。芭蕉が火災にあったことを伏せておかなければならない理由はなく、芭蕉の深川移住がこのときの火災によるものならば、それにかんする伝承が何も残らなかったというのは不可解である。この火事の裏に何か特別の事情があればともかく、横浜氏の推定にはそのような事情は想定されていない。

以上の諸点をもとに田中氏は、否定的な見解を示している。しかし田中氏の批判には、私の考え方に対して、いくつかの誤解がある。田中氏は、さきの史料からは芭蕉が被災した裏付けにはならない、としている。その指摘自体、当然のことである。私自身この論文からすべての結論を引きだせるものとは考えておらず、その冒頭の部分で「このこと（芭蕉の深川移居の原因・筆者補注）に関連する芭蕉の記述は一切ない。そのためここで紹介しようとする事象は、状況証拠として十分に裏付けるだけの史料とはなりえないものの、今後の可能性（関連史料の掘り起こし）としての一素材」とするものであった。すなわち、このことは芭蕉研究に対する一テーゼであり、研究として緒についたにすぎない。芭蕉がこれについて、何も書き残していない以上、それを埋めるような都合の良い史料など、ない前提からのものである。このことは、従来から芭蕉の深川移居について、田中説をも含め、先学が多くの学説を提示できた、学際的な所産ともいえるのである。

次の田中氏の誤解（考え方の相違？）は、火災による芭蕉の伝承が残されていないのが不可解としていることである。この点についても、日常的に発生していた火災の状況に対して、さほど書き残す必要性もないということの裏返しでもあろう。これに対して田中氏は、天和二年（一六八二）の「八百屋お七の火事」について芭蕉が川に逃れて火難を避けた事実を、どう説明するのか、ということであろうか。しかしこの事件は、すでにこのときまでに芭蕉が芭蕉としての地位を確立して以降のことであり、「八百屋お七の火事」をもとに、芭蕉伝説をドラマチックに残すうえの格好の素材であったと考えたほうが妥当のように思われる。芭蕉以前の日本橋で桃青（＝芭蕉）が日常的に火災にあったことなど、芭蕉像全体のイメージを高めるうえでは、有効な偶像伝承にはならないということでもある。

さらに私は、延宝四（一六七六）年十二月二十七日の日本橋の火災を、その後の「関口芭蕉庵伝承」が生まれたきっかけと考え、延宝八年十月二十一日の火災が連動して深川に避難する芭蕉の行動と考えているが、田中氏はこの点についてまったく触れようとしていない。この延宝四年十二月二十七日の日本橋の火災の事実を田中氏が受け入れないのは、ご自身の理解する「水道説」の論拠に不都合となるのであろうか。

その後、田中氏は一部、延宝四年（一六七六）の火災について触れた口頭の研究発表をされ、芭蕉がこのときの火災で被災していないことを力説されているが、十分に納得できる内容ではなかったと、理解している。

その一方で田中氏は、次の点から自説に引き付けている。

【火事騒ぎを利用】

其角は延宝年間の芭蕉の生活をつぶさに知っていた人物である。彼は「芭蕉翁終焉記」のなかに、天和二年（一六八二）冬の江戸の大火で芭蕉庵が類焼したことを記しているが、延宝八年の火事については何も記していない。杉風も小田原町の住人だが、彼の方も罹災した様子はない。

したがって、このときの火事で芭蕉は罹災しなかったとみてまちがいないが、横浜氏の指摘は重要な意味を持っていると思う。たとえ火の手が小田原町までおよばなかったとしても、十余町も焼けた大火だから小田原町の住民もこの火事騒ぎにまきこまれた可能性はきわめて高い。桃印と寿貞のかけおちで窮地に陥っていた芭蕉は、この火事騒ぎを利用して、ひそかに小田原町を去ったのだと思う。

田中氏は、延宝八年（一六八〇）十月二十一日の火災は延焼域が狭いとする一方で、その火事騒ぎを利用して「桃印と寿貞のかけおちで窮地に陥っていた芭蕉」が小田原町を逃避したとしている。この考え方は、火事をきっかけとして逃避する芭蕉の姿が想定されており、その意味では間接的に自説の延長線上にあるものの、本論の結論を無視したものにすぎないものと思われるのである。

明暦以降の防火対策と火災のあり方

明暦三年（一六五七）正月の大火は、江戸の市街五〇〇余町を焦土と化した。幕府は、この大火の教訓をもとに、ただちに江戸の都市再編に着手した。その年の「三月、白銀町より柳原までの間に、石塁もて高二丈四尺の封疆を築き、その上に松樹植しむ、万町より四日市までの間も同シ」（大正二年『吾妻乃江戸』江東区芭蕉記念館蔵）や、「町々の者軒を揃へてたてつゞく、もとは大道の広さ六間なりしか共、往来狭しと今は町の広さ十間に定られ、車馬道にとゞこほりなく、ゆき、往来自由なり、又白銀町より柳島まで町屋一通をのけて、高二丈四尺に石をもつて、東西十町余りに土手をつかせ給ふ」（延宝五年『江戸雀』）のように、往来の道幅を六間から一〇間に広げるなどの防火策を講じた。そして高さ二丈四尺・東西一〇町という土手の上には、松を植えている。延宝八年（一六八〇）「江戸方角安見図　乾」の東西に広がる土手がこれである。そしてここには、「此

とてより北ハ神田　南ハ江戸」と記され、市中との境界が示されていたのである。

江戸の大火の傾向は第二章でみたとおり、①発生時期が十一月から五月までで、三月がピークであること、②大火は、南・西南・北・西北の烈風のときが多く、とくに激しい北風と西北風が三分の二を占めていること、③火災の多発地帯は、日本橋・京橋・神田方面で、とりわけ日本橋北の地域が頻繁であったこと、などであった。これを裏付けるように、火災の警戒期間について寛文元年（一六六一）九月二十二日の町触には、

覚

一町中為火之用心、来ル十月より来年二月中迄中番之者壱町之内片輪ニ弐人宛、両輪ニ四人宛、夜中斗差置可申候、辻番中番之火之用心無油断相触候可申付事

一町中わらふき茅葺小屋之屋根、土ニ而塗申候、油断無之様月行事廻り見候而可申付事

丑九月廿二日

のように、「来ル十月より来年二月中迄」としている（『町触』三二五）。また、東照宮本町触の寛文二年九月晦日の条には十月から三月までとしており、火災の頻発する時期が明示され、注意を促

すようになったのである（『町触』三六四）。

東照宮本町触の寛文二年一月三日の条には、はじめて

一風つよく吹候間、町中火之用心之儀、家持ハ不及申、借屋店かり裏々迄月行持切々廻り堅可

申付候、少も油断有間敷候、以上

正月三日　　　　　　　　　　　　　　　　　町年寄三人

とあり（『町触』三三三）、とくに季節風の激しい日には以降、「風つよく候間」や「風ふき候間」（寛文五年一月十一日の条・『町触』四〇七）、「今日風つよく吹候間」（寛文五年一月二十五日の条、『町触』四一二）、「風はけしく吹候間」（寛文五年十一月二十八日の条、『町触』四九四）などのような文言で、火の用心の喚起を町中全体に、町年寄を通じて頻繁に発するようになったのである。このように、市中では、寛文期に入って、町人から地借・店借層にいたるまで、冬季の「火事之用心」認識が強まっていったといってよい。このことは、「火災の多発地帯が日本橋・京橋・神田方面で、とりわけ日本橋北の地域が頻繁であったこと」への認識と大火への危惧が示されていた。

『鈴木修理日記』にみる延宝八年十月の火災

このように考えてくると、芭蕉の居住していた当時の日本橋界隈に火災があったとしても不思議ではない。ここまでの論拠は、すでに「芭蕉の深川移居の事情―状況としての可能性―」(『江東区文化財研究紀要』八、平成九年)で指摘したことである。その後、『鈴木修理日記』に接することができたので、ここで紹介しておきたい。

『鈴木修理日記』は、すでに前章で指摘したように、三河以来の譜代の旗本として御大工頭であった鈴木長常・長頼父子(知行五〇〇石)が寛文十年(一六七〇)から宝永三年(一七〇六)まで書き継いだ管理業務等の日記のことである。

この『鈴木修理日記』の延宝八年(一六八〇)の十月二十日の条に、次のような記事がある。

廿日　乙巳　霽

風気、終日不出、長常公上野へ御越、申刻、宗喜被参、寅后刻、三河町三町目より火事出来、弐町目・壱町目中程・鎌倉がし・りうかん町・佐竹修理太夫・真田伊賀守・神尾下総守・松平対馬守・立横大工町并小島久左衛門・人見友元・武田仙益ノ長屋も類火。

廿一日　丁未　霽

昨夜之余火、及今日焼亡ス、昼過、意安江参、見廻衆数多、面談。

廿二日　丁未　霽

終日止宿、昼過、火事場見廻り、帰、長常公朝より御出、昼ニ御帰、又上野江御越、及暮御帰。

では、『鈴木修理日記』の十月二十日の記事を検討してみることにしよう。二十日当日は、晴れの一日であった。しかし、長頼は、あいにく風邪気味で終日外出を控えている。一方、父の長常は、上野にでかけていた。そして「申刻（午後四時）」に修理宅を宗喜が訪れたとある。

「寅后刻（二十一日午前四時過ぎ）」のことであった。三河町三丁目から火事が発生した。『鈴木修理日記』によると、出火場所の三河三丁目から同二丁目・同

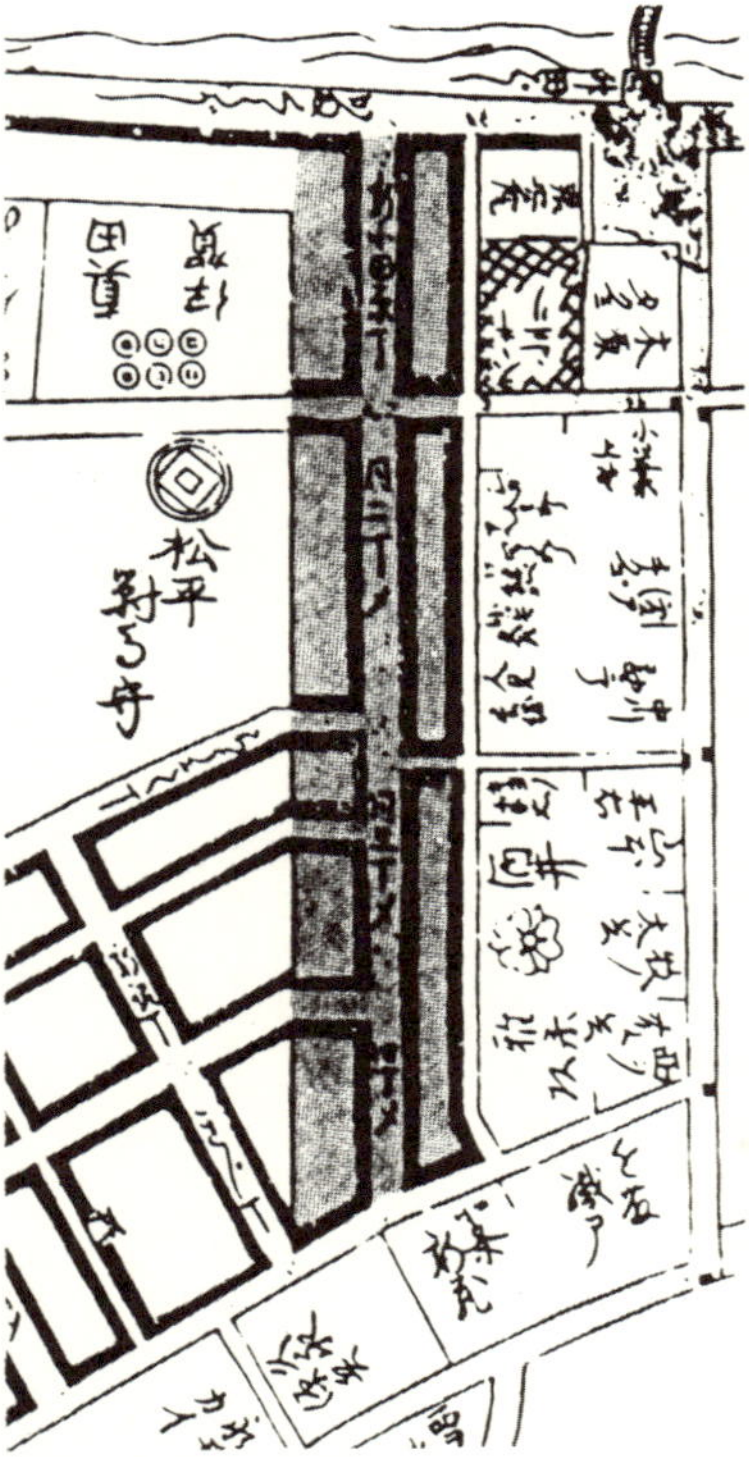

鈴木修理宅周辺（延宝８年「江戸方角安見図　乾」）

一丁目の中程までを焼き、鎌倉河岸・龍閑町から佐竹修理太夫・真田伊賀守・神尾下総守・松平対馬守・立大工町・横大工町、そして小島久左衛門・人見友元・武田仙益の長屋も類火したことを記している。

二十一日明け方からの火事は昼までには鎮火したといい、昼過ぎに長頼は意安宅を訪れたが、意安宅は火事見舞いに大勢の人々が訪れていたという。

二十二日、長頼は、終日止宿のうえ火事場を見回って歩き、帰宅したとある。父の長常は朝から外出し、昼にいったん帰宅し、再び上野に出かけ夕方に帰宅している。

このように『鈴木修理日記』よると、この火事について、三日間にわたって、書き綴っているのである。延宝八年（一六八〇）当時、鈴木修理家が住していた神田橋門外の知恩院前は、この「新小田原町火災」の現場から目と鼻の先に位置していた。このため、記述の内容は、修理宅周辺の延焼先などを詳しく伝えており、さきの①から⑤の史料よりも具体的である。

類焼範囲の想定

ここで改めて、さきの史料と『鈴木修理日記』をもとに、この火災を再現してみよう。

すなわち、出火場所は、①の史料では「三河町三丁目」、②と④の史料では「新小田原町二丁目」

とあるが、『鈴木修理日記』では「三河町三町目」としている。この内容から①・④の史料および『鈴木修理日記』は日記類であるが、特定場所に若干の相違はあるものの、これはほぼ「三河町三丁目」付近と比定してよかろう。

出火の時刻は、①の史料では二十一日の「今暁寅刻（午前四時）」、②の史料では「十月廿一日丑下刻（午前三時）」、④の史料では十月二十一日の「今夜寅ノ上刻（午前三時）」としているが、『鈴木修理日記』では二十一日の「寅后刻（午前四時過ぎ）」とある。このことから出火時刻は、その時刻には幅がみられるが、ほぼ「寅刻」前後とみてよさそうである。

さらに鎮火した時刻については、①の史料では「明巳刻鎮（午前十時ごろ）」とあり、『鈴木修理日記』では「昨夜之余火、及今日焼亡ス、昼過、意安江参、見廻衆数多、面談」とし、遅くとも昼前には鎮火していたものと思われる。

類焼範囲については、②の史料では「新小田原町二丁目より出火、佐竹左〔右カ〕京大夫○義處。真田伊賀守○信登。を初、近隣町屋十余町類焼。」とし、④の史料では「新小田原町二丁目より出火、御上屋敷近所に候故、屋形様にも被為出、拙者儀も御跡より参候。折節風強、最前は松平対馬殿屋敷焼候而、夫より吹貫、神尾下総守殿・真田伊賀殿屋敷焼失申候。御屋敷は別条有之間敷存候処、其内北小屋之角より火移、色々防候得共不相叶、御家御蔵共に無残焼失」とある。『鈴木修理日記』では、「三河町三町目より火事出来、弐町目・壱町目中程・鎌倉がし・りうかん町・佐竹修理太夫・真田伊賀守・神尾下総守・松平対馬守・立横大工町并小島久左衛門・人見友元・武田仙益ノ長屋も類火」のように、現場が修理宅のすぐそばであったことから、周辺の類焼状況が他の史料よりもより具体的である。つまり、それによると、延宝八年（一六八〇）の「江戸方角安見図　乾」にその範囲を落としてみると、立横大工町・鎌倉河岸・龍閑町の範囲が新たに焼失していたことが明らかになる。このように、今回の火災の類焼範囲は、

松平・佐竹→佐竹屋敷に接する立横大工町
出火場所・三河三丁目→二丁目とこれに平行する小島久左衛門・人見友元・武田仙益
ノ長屋→一丁目中程→真田・神尾→鎌倉河岸→龍閑町

のようである。火災のあった前後の天候は、『鈴木修理日記』によると、十月五日の「雨降」を除くと晴天が続いており、次に天候が変化したのは十一月八日の「午刻　雪降、地積一寸余」のようであった。つまり、十月二十一日の火災があった日まで、約二週間ほど雨のない、冬の乾燥した天候が続いていたことになり、火は強風によってみるみる延焼した可能性が高い。

なお、③の史料にみえる「徳松」とは、将軍綱吉の嫡子であり、すでに将軍の嗣子として時期将軍が約束された人物であった（なお、徳松は天和三年〈一六八三〉閏五月二十八日、五歳で早世した）。徳松は、すでに西之丸に移ることになっていたが、このときはまだ一ツ橋にあった神田館に居住していたのである。出火場所であった三河町と神田館との位置関係は、内堀を挟んだ南側にあった。幕府は、このために十月十九日に西之丸の老中を兼ねるようになったばかりの板倉重種（『寛政重修諸家譜』二）と、使番の桜井勝正（『寛政重修諸家譜』一五）を派遣し、緊急事態に備えさせていたのである。

これらのことから考えると、当日は激しい北風から、次第に西北に風向きを変えていったことが明らかとなる。鈴木修理の屋敷は三河町一丁目に面しており、本来なら焼失していたはずであったが、風向きが北風から西北の風に変わり、「壱町目中程」で鎮火したことで類焼を免れることができたのである。

『鈴木修理日記』は、延宝四年（一六七六）十二月二十七日の火災と同様に、鈴木家の自宅周辺の様子は詳しいものの、④の史料にあるような「近隣町屋十余町類焼」という部分については、十分に応えきれていない。

ここで、もう少し視野を広げることで、この火災の類焼範囲や町政の影響という視点から検討を

第6表　年次別町触件数

	1月	2月	3月	4月	5月	6月	閏6月	7月	8月	閏8月	9月	10月	11月	12月	閏12月	合計
寛文12年（1672）	13	16	12	10	5	11	9	11	6		9	7	9	8		126
寛文13年（1673）	8	21	9	2	11	12		8	5		5	5	7	18		111
延宝2年（1674）	8	10	6	12	8	18		10	11		7	4	10	4		108
延宝3年（1675）		2		1	1							1				5
延宝4年（1676）	1								2							3
延宝5年（1677）	9	16	12	13	4	12		9	7		8	5	7	10	17	129
延宝6年（1678）	18	7	6	11	4	11		4	9		10	10	12	13		115
延宝7年（1679）	6	12	6	8	4	11		13	6		11	4	10	8		99
延宝8年（1680）	8	10	9	7	13	11		9	17	21	20	11	7	15		158
延宝9年（1681）	14	7	10	6	10	9		10	14		10	11	14	10		125

『江戸町触集成』1より作成。

加えてみることにしよう。

火災後の町政の動静

町年寄の役宅は、奈良屋家が日本橋本町一丁目、樽屋家が本町二丁目、喜多村家が本町三丁目というように、それぞれの拝領屋敷があった。

第6表は、『江戸町触集成』に所収する寛文十二年（一六七二）から延宝九年（一六八一）までの年次別の町触件数を示している。

同表によれば、延宝三年の

五件と延宝四年の三件という極めて少ない収録件数を除くと、この時期は延宝七年の九九件から最も多い延宝八年の一五八件までで、一年間に平均して一二一件ほどの町触がだされていたことになる。

ところで、さきの延宝三〜四年の少ない収録件数は、どのようなことを示唆しているのであろう。この二年間の傾向は、延宝三年の二月が二件、四月と五月および十月がそれぞれ一件、延宝四年にいたっては一月に一件、八月に二件という状況であった。しかし前後の年次をみると、延宝二年が年間一〇八件、延宝五年が一二九件のようであり、その二年間が町触の空白期間であったことが明らかとなる。このことは、その二年間の記録が紛失または焼失した可能性を示しているのである。このことから私は、延宝四年十二月二十七日に発生した日本橋の大火災によって、これら両年の書類が焼失し、断片的に残された書類が後日留書されたものと考えることができるのである。

一方、同表に掲げるなかで、延宝八年（一六八〇）の町触は一五八件と最も多い年であった。この年は、五月から八月に掛けてちょうど四代将軍家綱から五代将軍綱吉に代替りした時期であり、これに伴った内容を多く含んでいたのである。ことに八月・閏八月・九月の三ヵ月は、例年に比べて際立って多かったことになる。

第7表は、延宝八年の閏八月から十二月までの町触の記事をまとめたものである。閏八月は二一件中、入札関係が一三件、「町中火之用心」が六件で、うち二十一日と二十二日は同日に二度ずつ

第7表　町触記事一覧

月日	内容
閏8/1	上野御仏殿御造栄ニ付御入用之小買物入札
3	虎之皮御用ニ付触
3	備中・播州沢手米御払ニ付入札等
3	明日四日早天増上寺江御成ニ付町中火之用心、海道掃除等
3	御仏殿作事ニ付入用
12	御用ニ付角石等其外品々入札
14	上野御仏殿井戸掘ニ付入札
15	風強吹候間、町中火之用心
17	高厳院様御仏殿造営ニ付入用材木入札
18	谷之於御蔵沢手米御払ニ付入札
18	上野御用トシテ角石等入札
21	風吹候間、町中火之用心等
21	先刻も相触候通、風つよく吹候間、町中火之用心
22	風吹候間、町中火之用心
22	先刻も相触候通、風烈吹候間、町中火之用心
24	上野仏事作事ニ付入札入直し
26	犬島角石等川江落候ニ付引揚入札
27	於谷之御蔵沢手払米三百俵余入札
28	高厳院様仏殿造栄入用之小買物等ニ付入札
29	小日向きりしたん屋敷修復等ニ付入札
9/1	評定所修復入札
3	橋弐ヶ所新規御普請ニ付入札
4	五月曽我伊賀守殿前下水道之下上水道戸樋御修復入札ニ付銀子持参
7	明八日上野江御成ニ付町中火之用心及び今日より海道之掃除等
16	明後十八日本丸ニ於能有ニ付白洲ニテ町人見物町々割付等
16	写物有ニ付其町々月行事硯紙印判を持、樽屋所へ早々参写取
16	明後本丸に於能有ニ付町中見物者人数割付提出
17	御用諸石入札ニ付
17	明十八日之能有ニ付雨降候共割付通相違なく
21	二十二・二十三日本丸ニテ能有ニ付町中火之用心
22	昨日相触候通、二十三日

月日	内　　　容
	も本丸ニテ能有ニ付町中火之用心
23	仏殿御用之錫等買上ケニ付
25	明日町中御銭下され候ニ付、喜右衛門様門前ニ罷出候
27	火事場見舞い等ニ付達
27	来月朔日、甲斐庄喜右衛門様町中名主お礼ニ付
27	風吹候間、町中火之用心
27	先刻も相触候通風吹候間、町中火之用心
28	町中辻番火之用心等ニ付
28	写物有ニ付其町々月行事硯紙印判を持、樽屋所へ早々参写取
10/1	当年寒造之酒米員数之儀ニ付
1	風つよく吹候間、町中火之用心
2	仏殿作事ニ付、壁塗屋根葺瓦師入札
5	明六日本丸能有ニ付、町中火之用心等
8	瓦築地等三色仏殿作事ニ付入札
12	風つよく吹候間、町中火之用心
15	町中ニ預り置候欠所物埒明候分、本町四町目新道喜多村欠所蔵迄持参申すべし
15	風つよく吹候間、町中火之用心
16	御用角石等入札ニ付
19	安宅船御用之材木運候鳶口之者入札ニ付
25	両国橋御掛ケ直シ一式之事等、十一月八日舟越左門宅ニテ入札
11/3	此頃江戸町中火事繁候間、火付・あやしきもの番所江召連ニ付
10	町中拝借米代金之内三分壱、去年通当月上納
13	浅草・谷両所御蔵、来酉ノ年御普請入用之釘等入札
18	町中下水道橋并番屋等御改ニ付
21	当年寒作酒之儀ニ付、新酒は当年来年停止
27	風つよく吹候間、町中火之用心
29	風つよく吹候間、町中火之用心
12/2	風つよく吹候間、町中火之用心

月日	内　　　容	月日	内　　　容
10	風吹候間、町中火之用心	22	来酉ノ年中両御番所御用之紙らうそく等入札
15	風吹候間、町中火之用心	23	来正月三日、御本丸様江年頭之お礼ニ付
17	風吹候間、町中火之用心	24	八王寺御鷹場部屋新規并修復御普請ニ付入札
18	町中ニ預り置候欠所物、本町四町目新道喜多村欠所蔵迄家主持参	24	風吹候間、町中火之用心
19	来ル二十一日喜右衛門様江御目見候ニ付	25	風吹候間、町中火之用心
20	町中正月水あひせ之事等ニ付達	29	甲斐庄喜右衛門様諸太夫ニ成られ候ニ付
20	写物有ニ付月行事硯紙印判を持、樽屋所へ参写取	29	風吹候間、町中火之用心

『江戸町触集成』1より作成

だされるというものであった。ことに両日の内容は、十四日深夜と十五日夜に発生した火災による教訓があったのであろう。

九月は二〇件である。この月は、江戸城の能興行に伴う町人見物関係の町触が三件、十六日と二十八日が月行事に対する樽屋の役宅への書類書き写しに伴う召集関係が二件、「火之用心」関係が六件などであった。ことに二十一日と二十二日の「火之用心」は八月に就任したばかりの綱吉の慶祝行事に水を差すことのないような配慮からであったといってよい。しかし、二十七日に二度にわたってだされた町触は、これから迎えようとする冬の江戸の「風吹候間、町中火之用心」という「空っ風」と火災都市とのかかわりを象徴する日々の警戒感が、そこには示されているのである。

これ以降、強風の日には、「風吹候間、町中火之用心」という町触が冬の時期を通じて目立つようになる。

十月の町触は一一件である。このうち火の用心関係四件のうち、三件が「風つよく吹候間、町中火之用心」であった。しかし、十月にだされた町触日をみると、十九日までに一一件中一〇件に達しており、以降二十五日の一件というものであった。翌十一月全体の町触は七件と減少し、そのうち三件までが防火に関係したものであった。十一月三日の町触では、これまでみられなかった「此頃江戸町中火事繁候間、火付之儀は不及申、あやしきもの於有之は番所江召連」のような内容のものまでだされていたのである(『町触』一七七三)。そして次に町触がだされるのが十日のことであり、以降十三日・十八日・二十一日と続き、二十七日から十二月十七日までは「風吹候間、町中火之用心」とした内容であった。つまり、十月下旬から十二月中旬ごろまでの町年寄の町政機能は、通常よりも停滞していたものと思われるのである。このことから、どのようなことが想定されるのであろう。

その背景には、十月二十一日早朝に発生した火災が少なくとも影響を与えていたと考えてよさそうである。とりわけ、十一月三日の町触にもあったように、「此頃江戸町中火事繁候間、火付之儀は不及申、あやしきもの於有之は番所江召連」ということは、最近の頻繁な火災の原因が放火などによるものが多く、それらの輩を捕縛する必要性があったことを示している。二十一日の火災の原因は明らかではないが、江戸にあって「付火」の問題がこのとき表面化していたことだけは明白である。そして、二十一日の火災は、三河町（新小田原町）から日本橋にあった町年寄の拝領屋敷にも少なくとも影響を与えていたものと思われる。

このように、この時期の町触の検討を通して、二十一日の火災の延焼範囲が『鈴木修理日記』の記事よりも拡大していたことを示唆することができるのである。

火災による思わぬ延焼と被害

明暦三年（一六五七）の大火以降、幕府は市中と神田との間に東西約一キロメートル、高さ約七・二メートルの防火帯を設けているが、延宝四年（一六七六）十二月二十七日の火災に続き、またもや火の手が及んだのであろう。火災による火のスピードは、通常一時間に約一〇〇メートル進むとされているが、このときの火災はおよそ七時間ほど燃え続けたことから、出火場所から直線で約七〇〇メートルにある町年寄の拝領屋敷付近まで最低延焼していたとみてよい。さらに、火災で江戸の庶民が恐れていたことは、火の粉による飛び火であった。万治四年（一六六一）正月二十日の町触には、次のようにある。

覚

一町中わらやかや家ぬりやの屋根、土落申候屋根ハ、早々土ニ而ぬらせ可申候、借屋店かり等迄無油断申付、急度屋根塗可申事

一先日鍛治橋之内火事之砌、川向之町屋江火之《(下補)》ほこり落申候得とも、町人共致油断、屋根へ人を上不申候間、以来若《は(セ)》火事出来仕候とも、風下之町人共家持は不及申、借屋店かり等迄銘々ニ屋根へ手桶水を入《(ウなし)》上ケ、人を付置、火ほこり参候ハヽ、無油断消可申候、人々之身為に候間、少も違背申間敷候、若相背候もの有之候ハヽ、御穿鑿之上急度可被仰付事

正月

右は丑正月廿日御触

この史料は、万治四年（一六六一）に発生した鍛治橋火事の様子を伝えたものである。鍛治橋内で発生した火災は、川向うの町屋に「火之ほこり」＝火の粉が降り注いだことから類焼したことが明記されており、このとき川向うの町人たちが屋根の上に見張り人を配置しなかったことに延焼の原因があったというのである。そのため、火事が発生した場合は、風下に位置した家々はすべて屋根に水を入れた手桶を用意し、そこに人を配置して火の粉を消すように命じていた。つまり、この

町触は、たとえ火元から遠方に位置していようとも、風下への延焼が懸念されること、そして火の粉によって各所に飛び火する傾向にあったことを指摘していたのである（『町触』三〇七）。町中では、明暦の大火以降、屋根に土壁を塗るよう、繰り返し指示がだされているが、十分に徹底していなかったことは既述したとおりである（第二章）。すなわち、延宝八年（一六八〇）十月二十一日の火災は、西北の強風にあおられた火の粉によって飛び火し、思いがけない場所へと延焼した可能性が秘められているのである。たとえ、延焼を免れたとしても、当時の消火活動は破壊消防が基本であり、火災の風向きによっては一定地域の家屋を倒壊することで、類焼の範囲を未然に防ぐものであった。

このように、江戸の冬の時期の特徴とされる西北または北からの「空っ風」は、一つの史料からではみえない、さまざまな視点から検討することで、延焼範囲が予想よりもはるかに拡大していたとすることができるのである。

神田と日本橋界隈の大火について

江戸の大火の特徴については、すでに指摘したとおりである。ここで、さきの延宝四年（一六七六）と延宝八年の火災の傾向と類似したケースを若干探ってみよう。

第8表　安政元年12月28日大火

時　　刻　酉の下刻
風　　向　はじめ西北風（強風）、後北風及び東風
出火場所　神田多町２丁目北側の乾物屋三河屋半次郎宅より出火
延焼規模　長10町30間余、町幅平均４町40間程焼く（町数101ヵ町・武家地焼失少し）

類　　焼　　町　　名
◎はじめ西北風の強風、連雀町／新銀町／佐柄木町／須田町を焼込。
◎北風に替わり、須田町２丁目／通新石町より通り町筋の本銀町／本石町／本町４丁目／本両替町／駿河町／北鞘町／品川町／室町１丁目日本橋際迄焼く。
◎東は、小柳町／黒門町／三島町／岸町／永井町／富山町／紺屋町辺／浮世小路／鹽河岸／瀬戸物町／小田原町／本船町／同河岸迄焼く。
◎暁に至り東風になり、又色々に替りて西の方、雉子町／四軒町／三河町４丁目／同裏町／此辺武家地／養安院屋敷／鎌倉町／龍閑町／松下町／永富町／皆川町の辺にいたる、この間に挟まれた町々は残る所なく焼失。

注）『東京市史稿』変災篇第五（大正６年８月31日）

まず、時代ははるかにくだっているが、安政元年（一八五四）十二月二十八日の神田多町二丁目北側の乾物屋三河屋半次郎宅からの出火例がある。このときの火災は、江戸特有の「空っ風」、すなわち西北の強風にあおられ、延焼規模は長さ一〇町三〇間、幅四町四〇間余を焼き、町数一〇一カ町を灰にした。おもな延焼地域は、第8表のとおりである。ここでも、さきのように小田原町や本船町は、延焼によって焼失している。そして、このような延焼事例は、江戸時代を通じていくつか抽出することが

可能である。

例えば、大田南畝の『一話一言』巻七（『日本随筆大成』別巻所収、昭和三年）には、天明六年（一七八六）一月二十二日の大火の記事があり、これは「湯島天神表門前町家牡丹長屋裏屋ヨリ出火」し、折からの西北風にあおられ小田原町などが延焼していた。

これとは逆に、天保九年（一八三八）四月十七日の小田原町一丁目と二丁目の間の湯屋からの出火は、当日の烈しい南風とのちの東風の影響によって本町四丁目から次第に火幅が広まり、日本橋から神田方面の北西部の三河町（新小田原町）周辺にまで達していたのである（第9表）。

このようにみると、第3図のようにBの延宝四年（一六七六）十二月二十七日の神田須田町からの火災は、北風によって小田原町に火が達しており、周辺を灰と化した。Cの安政元年（一八五四）十二月二十八日の神田多町からの出火は、同じく小田原町にまで到達している。これに対してDの天保九年（一八三八）四月十七日の大火は、逆に小田原町からの出火であり、三河町を延焼しているのである。すなわち、明暦三年（一六五七）の大火後の作られた高さ七・二メートル、東西一キロメートルの土手（防火帯）は、市中の火事の延焼を防ぐ目的であったにもかかわらず、その役割を十分に発揮できるものではなく、そこに火が入ると一気に燃え広がる恐れがあった。すなわち、Aの延宝八年（一六八〇）十月二十一日の火災は、決定的な延焼の地域を確認することはできない

第9表　天保9年4月17日日本橋小田原町出火による延焼地域

時　　刻　昼9半前
風　　向　南風（烈風）、8時過風弱まり、後東風に替り大火、本町4丁目より火幅広まる
出火場所　日本橋小田原町1丁目と2丁目の間の湯屋
延焼規模　延長およそ23町、幅およそ9町を焼く

類焼町名および武家屋敷
小田原町1丁目・2丁目／長浜町／安針町／本船町1丁目・2丁目／伊勢町／瀬戸物町／堀留町1丁目・2丁目／江戸橋より一石橋迄川岸／室町1丁目・2丁目・3丁目／十軒店／本白銀町／乗物町／鍛冶町1丁目・2丁目／鍋町／品川町裏河岸／釘町／駿河町／両替町／本町1丁目・2丁目・3丁目・4丁目北側残る／本石町1丁目・2丁目・3丁目・4丁目東の方両側残る／白銀町1丁目・2丁目・3丁目・4丁目／本革屋町／金吹町／紺屋町1丁目／同代地／白壁町1丁目・2丁目／黒門町／革屋町／新石町／竪大工町／多町1丁目・2丁目東側残る／大和町／龍閑町／鎌倉町／松下町／皆川町／蝋燭町／新白銀町／三河町1丁目・2丁目・3丁目・4丁目／雉子町／四軒町
津田鉄太郎（表長屋ばかり）／遠藤但馬守（南西并門残る）／本多豊前守／松平筑後守／松平友三郎／中野監物／水野弾正／平岡対馬守／山田佐渡守／大澤修理太夫／後藤佐渡守／土屋兵部／土岐豊前守／石川大隅守／小笠原縫殿助／金森山城守／白須甲斐守／今川上総介／鵜殿甚左衛門／高木亀太郎／蒔田清之助／天野甚左衛門／蜷川越中守／北村弥市／倉橋八十之丞／山本主水／長谷川又三郎／新庄鹿之助／鷲巣伊左衛門／戸田加賀守／戸田長門守／本庄伊勢守／板倉伊予守／榊原式部大輔／内藤大和守／大岡源右衛門／大久保彦八郎（定火消櫓并表長屋少し残る）／松平紀伊守／本郷丹後守（北面折廻し外長屋共半分残る）是ニ而留

『西炎秘聞』巻三（江戸期）　江東区芭蕉記念館蔵
『東京市史稿』変災篇第五（大正6年8月31日）

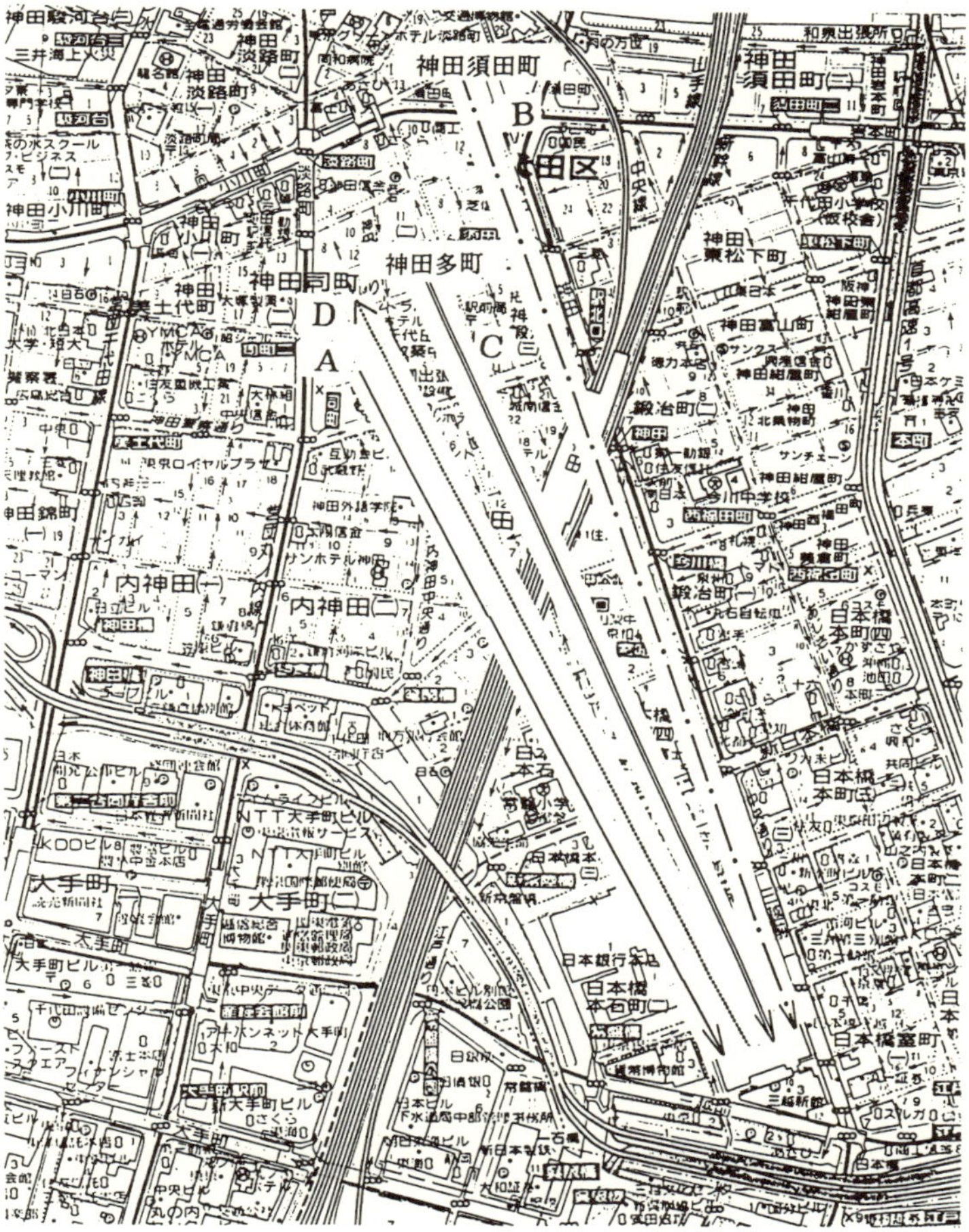

A ―― 延宝8年10月21日火災による延焼コース(?)　C ═══ 安政元年12月28日火災による延焼コース
B ―・― 延宝4年12月26日火災による延焼コース　D ----- 天保9年4月17日火災による延焼コース

第 3 図　小田原町周辺の火災と延焼コース

が、これらの状況と同様の結論を引きだすことができるであろう。つまり、それらとの火災による日本橋界隈と神田方面との位置関係は、時期や風の影響によって相互に延焼する地域的な関係があったのである。

二度目の被災—火災による芭蕉の深川移居の可能性—

このようにみてきたとき、延宝八年（一六八〇）十月二十一日明け方の新小田原町（三河町）からの出火は、どのように考えられるのであろう。つまりこの状況をみると、焼失のあり方から風向きははじめ強い北風から次第に西北風に変わっていったとみられる。そして佐竹などの武家屋敷を焼き、東南に位置した町屋へと広がり、やがて防火帯の土手を越え、日本橋界隈に火が達した可能性が高いことになる。つまり、この火災は、状況から芭蕉の住した小田原町にも火の手が及んだものと考えても差し支えなかろう。もちろん、このことを裏付ける決定的な史料は、新たに『鈴木修理日記』を加えても、ここでこれ以上あげることはできない。

しかし、この火災が原因として芭蕉の深川の移居がなされたとすれば、当初の芭蕉の行為（杉風の提供した生簀の番小屋生活）は被災の復旧までの一時的な疎開または緊急避難であったとも考えられる。ところが、その一時的な疎開または避難の時期が次第に長引くにつれて芭蕉は、江戸市中を臨む深川の環境になじむようになり、天和元年（一六八一）末の俳文「乞食の翁」には「窓ニハ含ム西嶺千秋ノ雪、門ニハ泊ス東海万里ノ船」と記し、深川の草庵からの光景を杜甫の詩に例えて引用している。

さらに天和元年冬の「寒夜の辞」では、

深川三またの辺りに草庵を侘て、遠くは士峰の雪をのぞみ、ちかくは万里の船をうかぶ。あさぼらけ漕行船のあとのしら浪に、蘆の枯葉の夢とふく風もやや暮過るほど、月に坐しては空き樽をかこち、枕によりては薄きふすまを愁ふ。

とある。すなわち、芭蕉は、深川の三俣のそばに草庵を結び、そこに侘しく住みながら「遠くは士峰の雪をのぞみ、ちかくは万里の船をうかぶ」という雄大な景色をみるうちに、俳文全体の内容とは違った心境に次第に変化していったのである。

深川の環境と芭蕉庵定住

延宝五年（一六七七）の『江戸雀』には「三俣」について、次のような興味い記述がある。

深川芭蕉庵図（『芭蕉翁絵詞伝』）

○三俣

一、此所を三俣といふ事は、浅草新堀霊巌島、此三方より通じて水のながれ分るゝゆえ、三俣とは申也、まことにその景はかりなし、北には浅草、深川、新田島、東叡山、待乳山、眼のまへにさへぎりて、西の方には当御城下栄々梢繁く、愛宕の山の権現堂霞をわけて見えわたり、辰巳の方には伊豆の大島、ひつじさるにあたりては、三国無双の富士の山、半を雲の打蔽ひ、九夏三伏のあつき日も絶せぬ雪の峯白く、夏あつきをもしら波の、かへらん事も忘る也、東は遥に安房かづさ、南は蒼海満々たり、いつにまさりて望月の、三五の暮の船遊び、ことに勝れてゆゝしけれ、貴きも賤しきも、袖をつらね裳をそめ、思ひ〳〵に出船の、うきにうきたる有様を、かの金岡も筆を捨、絵にうつすともかきがたし、さて又ふねのたはふれは、歌をうたひ、舞をまひ、琴さみせんに笛太皷、波もろ共にさゞめかせ、さて船々のふなじるし、ふじおろしにもませつゝ、色々の花火のてい、流泉は雲をわけ、玉火は波にうつろいて、しだり柳に絲ざくら、風に乱るゝ有様は、吉野龍田の花もみぢ、是にはいかでまさるべし、さあ御座れ月も見つまた船遊び

これは、当時の「三俣」から臨む景色の素晴らしさとともに、船遊びに興じる江戸庶民の状況を

実に軽妙に活写している。すなわち、「三俣」からほど近い深川のほとりからの眺めも、ほぼ同様であったに違いない。この情景が、その後の芭蕉の心境の変化と重ね合わせることができるのである。

芭蕉の深川への一時的な疎開または緊急避難の前提には、それ以前の延宝四年（一六七六）十二月二十七日の大火による小田原町の焼失→龍隠庵の移居（＝「関口芭蕉庵の伝承」に結び付いたとも考えられる）があり、その後の被災の復旧によって小田原町に芭蕉が戻ったであろうことが予測される。そして延宝八年（一六八〇）の場合は、やはり火事という同様の外的要因によって深川へ移居し、それが芭蕉自身の内的変化によって深川の定住が図られるという構図があったのではなかろうか。この場合の内的変化とは、ここでは深川の地理的環境または空間のことで、『江戸雀』でみたような「三俣」からの情景とさきの「乞食の翁」と「寒夜の辞」の二つの俳文が想定される。いずれにしても芭蕉の移居の問題（関口芭蕉庵と深川芭蕉庵の移居）は、日常的な江戸の火災と密接な関係があったと考えられるのである。

さらに、芭蕉が深川に移居したときの俳文「柴の戸」は、

こゝのとせの春秋、市中に住侘て、居を深川のほとりに移す。長安は古来名利の地、空手にし

て金なきものは行路難しと云けむ人のかしこく覚へ侍るは、この身のとぼしき故にや。

しばの戸にちやをこの葉かくあらし哉

とあり、その中の「しばの戸」の句は、これまで延宝八年（一六八〇）冬の作とされてきた。しかし今栄蔵氏は、これを一歩踏み込んで十月の作としている。今氏は、この根拠として「木の葉」の季語をもとに比定されている（今栄蔵『芭蕉伝記の諸問題』平成四年、新展社）。すなわち、「しばの戸」の句の十月説は、私がここでいう芭蕉の延宝八年十月二十一日の被災を通して、深川に一時的な疎開または緊急避難の時期とも符号するのである。

三度目の被災―深川芭蕉庵類焼―

芭蕉は、延宝八年（一六八〇）十月二十一日の火災によって、深川にあった杉風の生け簀の番小屋に移り住んだ。その場所は「深川元番処生洲の有之所」（杉風著・梅人編『杉風句集』天明五年〈一七八五〉とされ、「元番処」側の隅田川とその小名木川の合流する北角あたりにあった。芭蕉は、当初この番小屋生活から早期に日本橋へ戻るつもりであった。しかし一時的な避難は、予想以上に復旧が遅れたものとみられ、その間に芭蕉の心境にも変化がみられるようになった。芭蕉は、

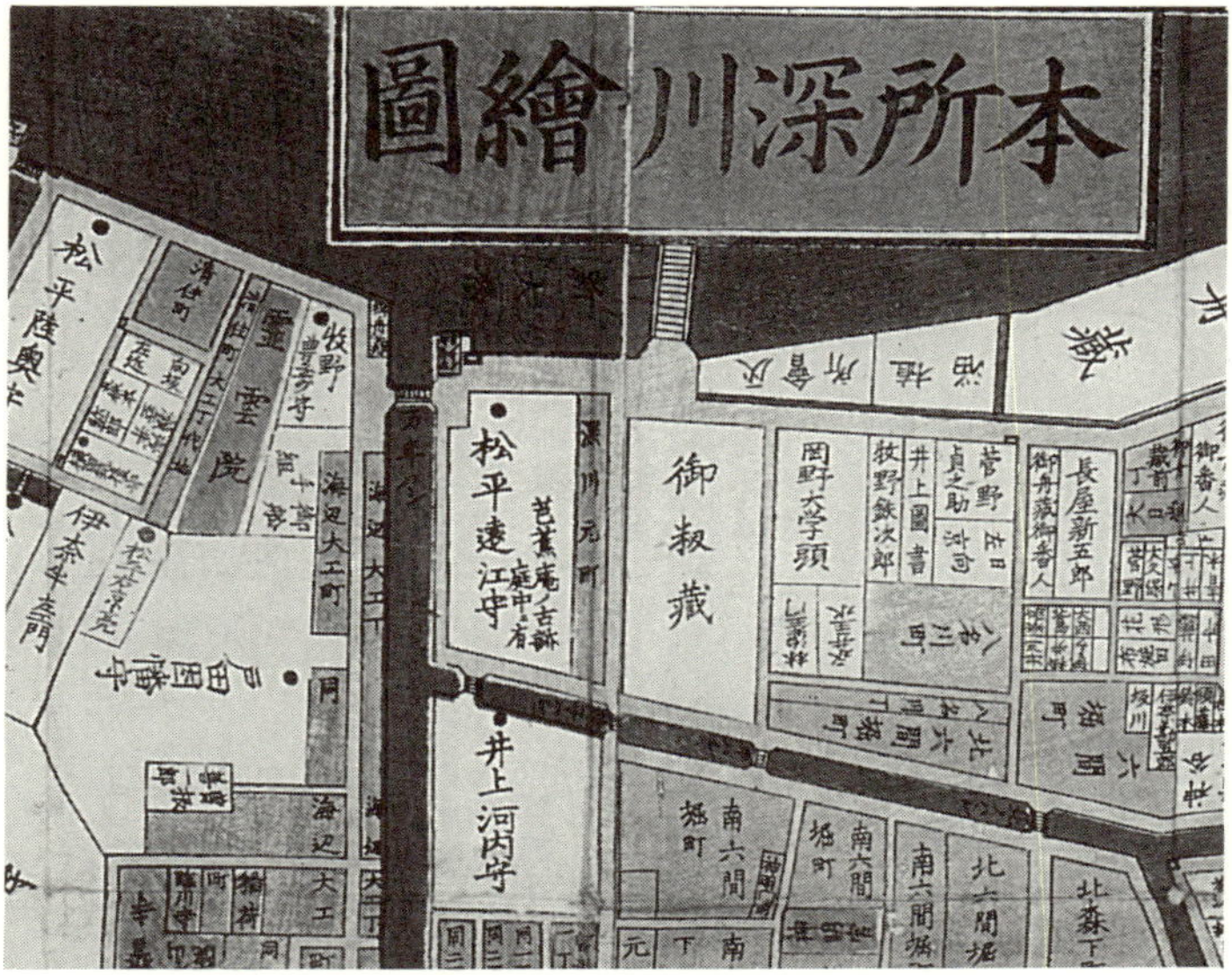

安政5年改正「本所深川絵図」（部分）

番小屋を杜甫の詩句になぞらえて「門ニハ泊ス東海万里ノ船」から、ここを泊船堂と名付けたようである。天和元年（一六八一）の春には、門人の李下が芭蕉の株を送り、これを芭蕉は庭に植えている。これがよく繁茂したことから次第に、ここが芭蕉庵とよばれるようになり、自身も同年の秋ごろには「芭蕉」と号するまでになっていた。

しかし、深川の草庵は、天和二年（一六八二）十二月二十八日の駒込大円寺からの出火により類焼することになる。この火災が「八百屋お七の火事」とよばれるもので、明暦の大火以来の大火事であった。芭蕉にとっては日本橋から深川に移住して、わずか二年後のことであった。

延焼した地域は、東は本郷・池ノ端・上野・下谷・浅草・本所を焼き、南は神田・日本橋という延長一三里余にいたり、夜に鎮火している。被害は、大名屋敷七五、旗本屋敷一六六、神社四八、寺院四八を焼き、三五〇〇人余の焼死者をだしていたのである（『国史大辞典』九、昭和六十三年、吉川弘文館）。

其角の『枯尾花』に所収する「芭蕉翁終焉記」には、このとき芭蕉が「深川の草庵急火にかこまれ、潮にひたり笘をかづきて煙のうちに生きのびけん」とあり、九死に一生をえた状況を伝えている。火災後、芭蕉はおよそ半年間、甲斐国の谷村（現・山梨県都留市）の秋元藩の家老高山伝右衛門（俳号を麋塒）のもとに身を寄せていた。そして、芭蕉は、天和三年五月に江戸に戻ったとされる。九月には、門人や知友五二人が浄財を募り、草庵の再建が成った（『随斎諧話』所収の「芭蕉庵再建勧進簿」文政二年〈一八一九〉）。

その間の芭蕉の動静を志田義秀氏は、越人の『鵲尾冠』（享保二年〈一七一七〉）をもとに「芭蕉が五月江戸に帰り、門人の本船町の小澤卜尺の家に一時寄居し、芭蕉庵の再築が年内に竣工すると共に新芭蕉庵に入った」（『芭蕉の傳記の研究』昭和十三年・河出書房）と理解している。これに対して阿部正美氏は、志田氏の根拠とした『鵲尾冠』の芭蕉の句「似合しや新年古き米五升」の越人の解説にある一節について、「此発句は、芭蕉江府船町の囂に倦、芭蕉泊船堂に入ラれしつぐる年の作なり」を志田氏が天和三年（一六八三）のことと解しているが、これは延宝八年（一六八〇）の芭蕉庵入庵以前のこととして批判している。そして阿部氏は、この間の寓居先はいまだ解明されていないものの、「強ひて臆測すれば、杉風の本宅か別宅にゐた」としている（『新修芭蕉傳記考説行實篇』昭和五十七年、明治書院）。

天和三年（一六八三）冬、芭蕉は第二次芭蕉庵に入居した。住居は「深川元番所　森田惣左衛門御屋敷」（『知足斎日々記』）とされ、最初の草庵とほぼ同じ場所にあったという（今栄蔵『芭蕉年譜大成』平成六年、角川書店）。いずれにしても芭蕉は延宝八年（一六八〇）十月下旬に深川に移り、ここでもまた火災に遭遇したのである。三度目の被災であった。

しかし、一度目の延宝四年（一六七六）十二月二十七日や、二度目の延宝八年十月二十一日の火災とは違い、このときの火災で芭蕉が被災したことを初めて記録として留めている。しかし、『枯尾花』に所収する「芭蕉翁終焉記」は其角が芭蕉の遺徳を偲んだものであり、そこには芭蕉が深川で自立（蕉風俳諧の展開）し、蕉門が深川で開花したという、「聖地」認識があった。すなわち其角は、芭蕉が深川に移って間もない「芭蕉庵類焼」という象徴的事件（江戸を震撼させ、三五〇〇人余もの焼死者をだした「八百屋お七の火事」とリンクさせることで）を回顧することで、衆人に芭蕉の存在と深川を脳裏に焼き付けるものとしたのである。

これに対して其角をはじめとする多くの門人は、日本橋時代に被災した芭蕉の姿を一切伝えていない。しかし、これまでの検討から「関口芭蕉庵の伝承」は一度目の火災が原因となり、「深川芭蕉庵」の移居は二度目の火災に起因していた。そのこと自体、芭蕉の事跡を描くうえで、これまで問題にされることがなかったのである。

「関口芭蕉庵の伝承」や「水道工事従事説」は、芭蕉の没後から過大に評価されるようになり、日本橋時代を埋める格好の素材として結び付けられていった。そして芭蕉の伝聞や記録は門人によって受け継がれ、やがて芭蕉の偶像化を加速させていくことになる。

芭蕉稲荷神社（江東区常盤）

芭蕉の市中での二度におよぶ火災による被災は、「火災都市」江戸のなかにあって、日常の出来事として注目されることなく、歴史のなかに風化してきた芭蕉の一事跡であったのである。

芭蕉の虚と実像

芭蕉が深川に移り住んだ事情は、それを記したものが残されておらず、不明な点が多い。しかし私は、このときの芭蕉の行為を従来の内的な側面だけの評価で一元化すべきではないと考えている。もちろん深川の移居は、その結果であり、その後の芭蕉の評価を訂正するものではない。ただ、文学的評価（内的要因）と歴史的な事実の可能性（外的要因）の双方から検討することで、虚と実像を埋める芭蕉像を描きだすことになると考えて

江東区芭蕉記念館（江東区常盤）

いる。しかし本書はいまだ史料的にも不足しており、今後多くの点を補足・訂正していく必要がある。

芭蕉の伝承や諸説は、今日、各地に多く残されている。しかし、これらは後世、俳諧が庶民の文化となり、大衆化した文化となることで、芭蕉が「俳聖」として神格化されたことによる。今、深川の芭蕉庵があった場所には芭蕉稲荷神社（現・江東区常盤一丁目）が聖地として祀られ、それから数分の隅田川沿いには江東区芭蕉記念館がある。

芭蕉略年譜

年号	西暦	年齢	おもな事項
寛永21年	一六四四	1	伊賀国上野赤坂（三重県上野市）に生まれる（一説に柘植説あり）。幼名金作、長じて忠右衛門、甚七郎（甚四郎とも）を称す。父は松尾与左衛門、兄は半左衛門、姉一人妹三人。
明暦2年	一六五六	13	二月十八日、父、与左衛門没。伊賀上野、愛染院に葬る。
寛文2年	一六六二	19	この前後から、藤堂藩伊賀付侍大将藤堂新七郎良精の嫡子良忠（俳号、蟬吟）に仕え、忠右衛門宗房と名乗る。蟬吟とともに貞門派の季吟に師事し俳諧に親しむ。【明暦二年の父の死後、十三歳ないし十四歳で藤堂新七郎家の武家奉公人になるか】
寛文6年	一六六六	23	四月二十五日、良忠（蟬吟）没。二十五歳。【このころ、武家奉公人の年季が明けるか】
寛文12年	一六七二	29	一月二十五日、伊賀の俳人らの句に宗房の判詞を加えた発句合『貝おほひ』を伊賀上野の天満宮に奉納。
延宝2年	一六七四	31	三月十七日、季吟より俳諧秘伝書『埋木』の伝授を受けるか。
延宝3年	一六七五	32	江戸への下向は、前年の冬、もしくは春か。【寛文十二年春に江戸に下向】

年号	西暦	年齢	おもな事項
延宝4年	一六七六	33	五月、西山宗因の東下を歓迎する百韻興行に桃青の俳号で加わる。夏、帰郷して甥の桃印（16）を連れて江戸に戻る。【十二月二十七日、神田須田町からの出火により日本橋界隈が延焼、このとき芭蕉も被災。これから間もなくして、関口芭蕉庵（龍隠庵）に避難し、神田上水関係の職の携わるようになる】
延宝5年	一六七七	34	この頃から、神田上水関係の仕事に携わる。【このころから延宝八年まで「小田原町　小沢太郎兵衛（卜尺）店　松尾桃青」に居住】
延宝6年	一六七八	35	この年もしくは前年春に俳諧宗匠として立机。立机披露の万句興行を催す。
延宝8年	一六八〇	37	四月、『桃青門弟独吟二十歌仙』刊行。杉風・卜尺・其角・嵐雪ら優秀な門弟を擁し、江戸俳壇に勢力を確立。秋「枯枝に烏のとまりけり秋の暮」吟。冬、杉風（日本橋小田原町の幕府御用魚問屋）の尽力により、深川の草庵に移る。当初、庵を泊船堂と称した。【十月二十一日の新小田原町からの出火で、小田原町にいた芭蕉も被災か。これにより、十月中に深川に避難・疎開する】
			このころ、深川臨川庵に滞在中の仏頂禅師と交わる。
延宝9年	一六八一	38	春、門人李下から芭蕉の株が贈られる。これが、庵号、俳号の由来となる。秋「芭蕉野分して盥に雨を聞夜哉」吟。
天和2年	一六八二	39	三月、千春編『武蔵曲』入集の句に、はじめて「芭蕉」の俳号を見る。

年号	西暦	年齢	おもな事項
天和3年	一六八三	40	十二月二十八日、駒込大円寺に発した大火（八百屋お七の火事）で芭蕉庵類焼。其角編『虚栗』刊行。天和新風を示す。六月二十日、郷里の母没。冬、門人らの寄付金で、再建された第二次芭蕉庵に入り、「あられきくやこの身はもとのふる柏」吟。
貞享元年	一六八四	41	八月、門人千里を伴い『野ざらし紀行（甲子吟行）』の旅に出る。「野ざらしを心に風のしむ身哉」吟。貞享調を確立。冬、荷兮編『冬の日』刊行（貞享二年か）。伊賀で越年。翌年四月末に帰庵。
貞享3年	一六八六	43	春、「古池や蛙飛び込む水の音」の句を巻頭に、衆議判『蛙合』興行、仙化の編で刊行。荷兮編『波留濃日』刊行。
貞享4年	一六八七	44	八月、曾良、宗波を伴い『鹿島紀行（鹿島詣）』の旅。十月十一日、其角亭で「旅人と我名よばれん初しぐれ」吟。二十五日、東海道を下り『笈の小文』の旅に出る。郷里で越年。
貞享5年	一六八八	45	二月十八日、亡父三十三回忌法要に列席。三月十九日、杜国（万菊丸）を伴い、吉野の花見の旅に出る。八月十一日、越人を伴い、『更科紀行』の旅、下旬に江戸に帰る。九月十三日、芭蕉庵で後の月見の会を催す。
元禄2年	一六八九	46	二月末、芭蕉庵を人に譲り、杉風の別野に移る。「草の戸も住替代ぞひなの家」吟。三月、曾良を伴い東北、北陸を経て、大垣までの『おくのほそ道』の旅に出る。膳所で越年。荷兮編『曠野』刊行。この冬、はじ

年号	西暦	年齢	おもな事項
			めて不易流行論を説く。
元禄5年	一六九二	49	五月中旬、新築の第三次芭蕉庵に入る。「芭蕉を移す詞」『芭蕉庵三日月日記』成る。
元禄6年	一六九三	50	洒堂編『深川』刊行、「かるみ」への新意欲を示す。三月下旬、甥桃印(33)芭蕉庵で病没。七月中旬から約一ヵ月間、門戸を閉ざして、「閉関の説」を書く。
元禄7年	一六九四	51	四月、素龍清書本『おくのほそ道』成る。五月十一日、次郎兵衛を伴って上方へ。「かるみ」を説く。六月二日、芭蕉庵で寿貞没。野坡・利牛・孤屋編『炭俵』刊行。京、伊賀上野、奈良を経て大坂へ。九月十日、之道宅で発病。十月五日、病床を大坂御堂前、花屋仁右(左)衛門方の貸座敷に移す。十月八日「旅に病んで夢は枯野をかけ廻る」吟。十月十二日、午後四時ごろ没。遺言により遺体を大津の義仲寺に移し、十四日埋葬。其角編『枯尾花(芭蕉翁終焉記所収)』刊行。翌年、支考編『笈日記』、路通編『芭蕉翁行状記』刊行。沾圃編『続猿蓑』元禄十一年刊行。『おくのほそ道』(井筒屋本)元禄十五年刊行。

(注)本略年譜は、江東区芭蕉記念館の展示解説シート「芭蕉年譜」をもとにした。
【 】内は、本書で取り上げ使用した説を示す。

おもな初出論文（多くを加筆訂正してある）

第一章
「深川の気風と風情―深川―」（久保田淳編『日本古典文学紀行』平成十年、岩波書店）
「木材集散地木場の繁栄―財をなした商家と働く人々―」（牧野昇他監修『大江戸万華鏡』平成三年、農山漁村文化協会）をもとに加筆。

第二章
「災害にみる江東」（『江東区史』上、平成九年、江東区）をもとに加筆。

第三章
「芭蕉の深川移居の事情―状況としての可能性―」（『江東区文化財研究紀要』八、平成九年、江東区教育委員会）の論拠をもとに新稿。

第四章
「芭蕉の深川移居の事情―状況としての可能性―」（『江東区文化財研究紀要』八、平成九年、江東区教育委員会）の論拠をもとに新稿。

おもな参考文献

阿部正美『新修芭蕉傳記考説　行實篇』（昭和五十七年、明治書院）
阿部喜三男『松尾芭蕉―新装版―』（平成二年、吉川弘文館）
伊藤好一『江戸上水道の歴史』（平成八年、吉川弘文館）
稲垣史生監修『江戸の大変〈天の巻〉』（平成七年、平凡社）
井本農一・堀信夫・村松友次校注・訳者『松尾芭蕉集―日本古典文学全集―』（昭和五十五年一〇版、小学館）
井本農一他監修『俳文学大辞典』（平成七年、角川書店）
大谷篤蔵・中村俊定校注『芭蕉句集―日本古典文学体系―』（昭和五十五年一九刷、岩波書店）
加藤定彦『俳諧の近世史』（平成十年、若草書房）
角川日本地名大辞典編集委員会『角川日本地名大辞典　東京都』（昭和五十三年、角川書店）
楠元六男『芭蕉と門人たち―NHKライブラリー―』（平成九年、日本放送出版協会）
栗山理一監修『総合芭蕉事典』（昭和五十七年、雄山閣）
江東区『江東区史』（昭和三十二年）
江東区『江東区史』上（平成九年）
江東区『深川文化史の研究』（昭和六十二年）
国史大辞典編集委員会編『国史大辞典』（昭和五十四年～平成九年、吉川弘文館）
今栄蔵『芭蕉伝記の諸問題』（平成四年、新典社）
今栄蔵『芭蕉年譜大成』（平成六年、角川書店）

鈴木理生『江戸の川　東京の川』（平成元年、井上書院）
志田義秀『芭蕉の傳記の研究』（昭和十三年、河出書房）
田中善信『芭蕉　転成の軌跡』（平成八年、若草書房）
田中善信『芭蕉＝二つの顔―講談社選書メチエ―』（平成十年、講談社）
東京都『東京百年史』一（昭和五十四年）
中村俊定監修『芭蕉事典』（昭和五十三年二刷、春秋社）
西山松之助他編『江戸学事典（縮刷版）』（平成六年、弘文堂）
日本史広辞典編集委員会編『日本史広辞典』（平成九年、山川出版社）
富山奏校注『芭蕉文集―新潮日本古典集成―』（昭和五十五年三刷、新潮社）
深川区史編纂会『深川区史』（大正十五年）
藤野保『新訂幕藩体制史の研究』（昭和五十年、吉川弘文館）
森川昭「大柿鳴海桑名名古屋四ツ替リ―千代倉家代々資料考（二）―」（『連歌俳諧研究』四六、昭和四十九年）。
吉原健一郎「江戸災害年表」（西山松之助編『江戸町人の研究』五　昭和五十三年・吉川弘文館）

主要史料一覧

『江戸町触集成』一（平成六年、塙書房）
『徳川実紀』五（昭和五十六年、吉川弘文館）
『俳家奇人談・続俳家奇人談』岩波文庫（昭和六十三年二刷、岩波書店）
『近世風俗志』一、岩波文庫（平成八年、岩波書店）
『東京市史稿　変災篇』一～五（大正三年～大正六年、東京市庁）
「江戸雀」（『日本随筆大成』第二期第五回所収、昭和三年、吉川弘文館）
『新篇武蔵風土記稿』一（昭和五十二年、雄山閣）
「一話一言」（『日本随筆大成』別巻所収、昭和三年、吉川弘文館）
『御仕置裁許帳・嚴牆集・元禄御法式―近世法制史料叢書―』一（昭和五十六年、創文社）
『増訂武江年表』東洋文庫（昭和五十三年一〇刷・平凡社）
『御府内神社備考―古義真言宗・新義真言宗・真言律宗・臨済宗―』四（昭和六十一年、名著出版）
『未刊日記集成　三―鈴木修理日記　一―』（平成九年、三一書房）
『玉露叢』（昭和四十二年、人物往来社）
『徳川加除封録』（昭和五十六年三刷、近藤出版社）
『新訂寛政重修諸家譜』（昭和三十九年～昭和四十二年、続群書類従完成会）

※なお、本文で使用した芭蕉関係の諸本は、おもに江東区芭蕉記念館に所蔵するものを利用し、ここでは割愛させていただいた。また、掲載した資料の写真は、おもに江東区芭蕉記念館と江東区教育委員会文化財係からご提供いただきました。

芭蕉と江戸の町

◆著者略歴◆
横浜　文孝（よこはま・ふみたか）
1955年、青森県野辺地町に生まれる。1981年　法政大学大学院修士課程修了。現在、江東区芭蕉記念館次長（学芸員）。
主要論文等
『新田堀江氏研究（資料）』（編著）東京堂出版、1982年。「旗本横山氏の土地政策と農民支配」（関東近世史研究会編『旗本知行と村落』文献出版、1986年）。「旗本知行所における経済統制について－分散知行と地払い－」（村上直編『幕藩制社会の展開と関東』吉川弘文館、1986年）。「近世中後期俳壇の諸相－葛飾派の実態と身分的秩序の変容について－」（村上直編『幕藩制社会の地域的展開』雄山閣、1996年）。「『世事見聞録』に描かれた旗本の姿と知行所支配－時代を危惧した批判の目をとおして－」（J・F・モリス、白川部達夫、高野信治共編『近世社会と知行制』思文閣、1999年）など。
現住所　〒134－0091　東京都江戸川区船堀６－11－22

2000年５月５日発行

著　者　横　浜　文　孝
発行者　山　脇　洋　亮
印刷者　㈱　深　高　社
　　　　㈱　平河工業社

発　行　東京都千代田区飯田橋４-４-８　東京中央ビル　同成社
TEL　03-3239-1467　振替00140-0-20618

ISBN 4-88621-199-2　C3321